Bernhard Salomon lebt als Schriftsteller, Ghostwriter und Herausgeber von Sachbüchern und wahren Geschichten in Wien. Im Emons Verlag erschien »Donaublut«.

Dieses Buch ist ein Roman. Handlungen und Personen sind frei erfunden. Ähnlichkeiten mit lebenden oder toten Personen sind rein zufällig.

BERNHARD SALOMON

Gassenjagd

KRIMINALROMAN

emons:

Umschlagfoto: fotolia.com/Franz Pfluegl
Umschlaggestaltung: Tobias Doetsch
Druck und Bindung: CPI – Clausen & Bosse, Leck
Printed in Germany 2011
ISBN 978-3-89705-901-6
Originalausgabe

1

Hallo, gehst du heute mit mir aufs Frühlingsfest?

Ricky las Lisas SMS, während ihm Theo, der neben ihm an der Theke saß, über die Schulter sah.

»Ist das die Superfrau?«, fragte Theo.

Ricky nickte.

Lisa war seit drei Wochen in der Redaktion. Sie hatte ihm bereits erzählt, dass sie für ihren Ex sechs Kilo abgenommen hatte und dass er sich über ihre etwas zu vielen Muttermale und ihre etwas zu dünnen Beine beklagt hatte, während sie selbst fand, dass ihre etwas zu schiefe Nase und ihr etwas zu langes Kinn ihre eigentlichen Probleme waren. Ricky fand sie einfach nur schön. Deshalb sagte er ihr nie, dass er in der Redaktion die falsche Adresse für sie war. Sie war Redakteurin, er war Layouter, und das machte einen riesigen Unterschied aus.

Redakteurinnen waren schick angezogen, kannten scheinbar jedermann, durften bei Tratschterminen Spesen produzieren und unter dem Stress des Redaktionsschlusses Starallüren entwickeln. Layouter waren bis auf Edgar, den Artdirector, als natürliche Folge ihrer Tätigkeit eher einsilbig. Sie neigten unter Stress zu Rüpelhaftigkeit, wurden geschmäht, wenn sie mittags beim Verdrücken einer Pizzaschnitte zu lange brauchten, und trugen Turnschuhe und labbrige T-Shirts. Selbst Edgar war trotz seiner Designerklamotten kaum gesellschaftsfähig. Schwer übergewichtig hing er auf einem extra von der Hausverwaltung bereitgestellten Schreibtischhocker für Bandscheibenpatienten. Wenn gegen Produktionsschluss sein Adrenalinspiegel stieg, liefen auf seinem Bildschirm in kleinen Fenstern Pornos, in denen Unterarme bis zum Ellbogen in Frauen verschwanden. Die obere Reihe seiner Schneidezähne hatte ihm sein Kokshändler während eines Liquiditätsengpasses eingetreten.

Layouter waren in der Welt der Redakteure so etwas wie Unberührbare. Wenn Lisa mit all der Eroberungsenergie einer

Neueinsteigerin ausgerechnet bei ihm andockte, kamen Ricky die Momente mit ihr deshalb erschwindelt vor. Er schüttelte den Kopf.

»Daraus wird nie etwas«, sagte er.

»Es geht nur um einen lustigen Abend«, sagte Theo. »Denk nicht immer gleich ans Heiraten. Auch wenn Heiraten von der Grundidee her nicht schlecht ist. Da kommen sie abends ins Schlafzimmer und ziehen sich ganz von selber aus.«

Theo redete viel, manche fanden, dass er lauter Unsinn redete, aber Ricky mochte ihn und vertraute ihm gerade deshalb. Er nahm einen Schluck Bier.

»Mal ehrlich«, sagte er. »Warum sollte eine Frau wie Lisa ausgerechnet mit mir zu einer Party gehen wollen?«

Theo überlegte.

»Nun ja, du hast Phantasie, du glaubst an das Gute im Menschen, und du willst etwas, auch wenn du vielleicht noch nicht genau weißt, was es ist. Aber du bist ja auch erst vierundzwanzig.«

»Würdest du mit so jemandem zu einer Party gehen wollen?«

Theo zuckte die Schultern.

»Ich denke nicht in solchen Dimensionen. Ich will schnellen, harten Sex. Der Rest ist mir egal.«

Angela, die Wirtin des »Fisch«, hatte den letzten Satz gehört.

»Schön, wenn ein Mann so offen über seine Gefühle reden kann«, sagte sie.

Ricky zahlte sein Bier und den Kaffee, den er davor getrunken hatte.

»Ich gehe dann nach oben«, sagte er.

Seine kleine Wohnung lag im selben Haus in der Westbahnstraße, drei Stockwerke über dem »Fisch«, in dem er sich fast jeden Tag mit Theo traf. Die Dunkelheit brach bereits herein, und er hatte seit dem Frühstück nichts gegessen. In der kleinen Küchenecke in seinem Vorzimmer füllte er Reis und Wasser in den Dampfgarer. An der Decke saß ein großes grünes Heupferd, das über den Efeu an der Hauswand hereingekommen sein musste. Er warf mit einem verknoteten Geschirrtuch nach dem aufdringlichen Insekt mit dem fingerlangen Legebohrer. Da kam eine neue SMS von Lisa.

Entschuldige, dass es mich auch noch gibt. Was ist jetzt mit heute Abend?

Ricky legte den Deckel auf den Dampfgarer und schaltete das Gerät ein. Das Frühlingsfest. Irgendwann im ersten Drittel hielt der Herausgeber eine Rede, bei der er aus alter Tradition jeden einzelnen der knapp zweihundertfünfzig Mitarbeiter namentlich nannte, auch wenn hinterher immer einige behaupteten, ausgelassen worden zu sein. Danach artete das Ganze unausweichlich in ein Besäufnis aus. Am nächsten Tag erfuhr jeder, wer es wann, wo und wie mit wem getrieben hatte und wann und wo Edgar gekotzt hatte.

Ricky suchte auf allen vieren das Heupferd, das spurlos verschwunden war. Er vermutete, dass es sich schwer angeschlagen versteckte. Nachts würde es ihn womöglich mit dem Legebohrer überfallen. Was sollte er Lisa antworten? Da rief sie an.

»Ich hole dich jetzt einfach ab«, sagte sie. »Wo wohnst du?«

2

»Sei einfach nicht so, wie du wirklich bist«, sagte Theo am Telefon. »Dann wird alles gut.«

Ricky verzog das Gesicht. Er verfluchte sich dafür, dass er Lisas Beifahrersitz nicht weiter nach vorn geschoben hatte. Seine Rückenlehne war gute zwanzig Zentimeter hinter ihrer. Dadurch wirkte er in dem blauen Peugeot noch kleiner, als er war. Theo mit seinen kumpelhaften Scherzen fehlte ihm gerade noch. Er versuchte, sich nichts anmerken zu lassen.

»Danke«, sagte er ins Telefon. »Wir hören uns.«

»Schriiiiiiiiim«, sagte Theo.

Ricky warf einen Seitenblick auf Lisa. Diese Frau war so ein irrer Mix. Die blonde Mähne, die grünen Augen, die blasse Haut und die Energie, die sie ausstrahlte.

»Was ist noch?«, fragte er Theo.

»Schriiiiiiiimm«, sagte Theo. »Das war doch immer dein Mantra für gute Stimmung. Aber sag es nur am Klo beim Pinkeln. Sonst weiß sie, wie du wirklich bist.«

Ricky legte auf, ehe Lisa Theos hämisches Kichern aus seinem ziemlich laut eingestellten iPhone hören konnte.

Schriiiiiimmmm. Dieses Mantra brauchte Ricky zum Beispiel, wenn er spät in der Nacht in eine perfekt aufgeräumte Wohnung mit frischer WC-Ente in der Klomuschel, neu bezogenem Bett und je einem Feuerzeug gleich neben seinen beiden Kerzen heimkam. Das passierte ihm immer, wenn ein geplanter Aufriss nicht geklappt hatte. Schriiiiiimmmm. Die Stimme ganz hoch, das R aus der Kehle gerollt, Zeige- und Mittelfinger wie ein Buddha locker links und rechts weggestreckt. Er hatte mehr Übung darin als im Kerzenanzünden. Er hätte nur Theo nie davon erzählen dürfen.

»Was Wichtiges?«, fragte Lisa.

Theo hatte recht. Immer wenn er eine Frau zu toll fand, benahm er sich wie ein Hornochse. Er konzentrierte sich auf Lisas vielleicht doch etwas schiefes Kinn.

»Ach nichts«, sagte er.

Seine Antwort traf ungehört auf Lisas Hinterkopf, denn ein Wagen neben ihnen fesselte ihre Aufmerksamkeit. Sie hielten gerade an der Ampel vor dem Apollo-Kino in der Gumpendorfer Straße. Ein gelber Porsche hatte sich links von ihnen eingebremst, obwohl dort eigentlich kein Platz für einen zweiten Wagen war. Der Typ am Steuer ließ das Fenster herunter und beugte sich herüber. Aus seinem Cockpit wummerten die Bässe.

»Hi, Lisa! Etwa auch unterwegs zur Big-Boss-Party?«

»Hi, Michael! Scheiße! Lange nicht gesehen!«

Grün.

»Fuck«, sagte Michael.

Er trat aufs Gas, und der Porsche schoss davon. Es war ein Boxster. Das Einsteigermodell. Ricky konnte sich nicht vorstellen, dass Lisa auf so etwas hereinfiel.

»Michael und ich, wir kennen uns schon ziemlich lange, aber es ist nie etwas daraus geworden«, sagte Lisa zu Ricky.

Sie drehte das Radio an.

»Ich liebe diesen Sender«, sagte sie.

Es war Radio Superfly.

»Ich hasse diesen Song«, sagte sie.

»Santa Maria« von Gotan Project. Sie surfte durch die Programme, bis auch bei ihnen die Bässe wummerten. Ricky betrachtete indessen seine Schuhe. Es waren ziemlich breit gelatschte braune Timberlands. Die Schuhbänder waren schon einmal abgerissen, und die neuen waren etwas zu kurz. Aber die Schuhe waren bequem und ließen seine Füße etwas größer aussehen. Die Frage war, ob Lisa auf so was hereinfiel. Dann vielleicht doch eher auf den Porsche. Halfen Mantras auch, wenn man sie nur dachte?

Sie fanden einen Parkplatz direkt vor dem Café Sperl. Von dort war es nicht weit zum Semperdepot, einem Veranstaltungsraum im Atelierhaus der Akademie der Bildenden Künste in der Lehárgasse. Dort sollte die Party steigen.

»Versprich mir, dass du mich da drin nicht allein lässt«, sagte Lisa.

Ricky nickte.

Schriiiiiimmm.

3

»Wie findest du mich?«

In Lisas elfenbeinfarbenem Ausschnitt hing eine hellblau schimmernde Kette. Die Perlen sahen aus wie Teile eines Himmelsgestirns, das sie sich untertan gemacht hatte. Ricky merkte, dass seine Stimme kraftlos klang.

»Gut«, sagte er.

»Nur gut?«

Lisa lachte schrill und ging voraus. Als Neue stand sie nicht auf der Gästeliste. In diesem Punkt nahmen es die beiden Türsteherinnen sehr genau. Ricky sah eine Chance auf Ritterlichkeit. Er wollte sie als seine Begleiterin einschleusen. Doch Lisa achtete nicht auf ihn. Sie buchstabierte laut ihren Namen und knallte dabei ihren Führerschein auf den Tisch.

»Seht nach! Lisa Kovats. Mit ›t‹ und ›s‹ am Ende. Na also!«

Triumphierend rauschte sie nach drinnen. Ricky hatte Mühe, an ihr dranzubleiben. Dabei musste er selbst seine Einladung gar nicht vorweisen. Die Empfangsdamen übersahen ihn einfach, was ihn nicht weiter wunderte. Er hatte, wie Theo es ausdrückte, kein optisches Profil. Er sah aus wie jedermann und im Grunde nicht einmal das. Wenn er in ein Lokal zurückkam, weil er etwas am Tisch hatte liegen lassen, begrüßten ihn die Kellner immer wie einen neuen Gast. Er hatte erst vor Kurzem wieder einmal überlegt, sich einen Pferdeschwanz wachsen zu lassen, damit sich die Leute sein Gesicht besser merken konnten.

Die Party ging gerade richtig los. Rockmusik und Stimmengewirr. Auf der Bühne bereitete jemand das Mikro für den Chef vor. Das Buffet war vierzig Meter lang, und der Alkohol floss bereits in Strömen. Ricky sah zwei seiner Kollegen mit je einer Biertulpe in der Hand an einem Stehtisch. Sie standen etwas abseits, wie es sich für Layouter gehörte. Die beiden stießen sich an und zeigten auf ihn. Bewunderung war das nicht, was aus ihren Augen sprach. Aus ihrer Perspektive musste es aussehen, als würde er hinter Lisa herrennen.

Michael tauchte auf. Er sah in seiner Lederjacke, dem feinen weißen Hemd, den Nietenjeans und den etwas zu spitzen Schuhen auch ohne Porsche nach Porsche aus. Ricky hatte das Gefühl, dass Michael bei der neuerlichen Begrüßung Lisas seine Zunge ziemlich intensiv einsetzte. Gleich nach Michael stürzte sich Edgar, der Artdirector, auf sie. Er lallte schon und warf einen tiefen Blick in ihr Dekolleté.

»Hey«, sagte er. »Ich habe gehört, dass du eine richtig verkommene billige Schlampe sein sollst. Stimmt das?«

Lisa holte kreischend zu einem Schlag aus.

»Wer hat das behauptet, he?«

Edgar wuchtete seinen Körper erstaunlich behände zur Seite und hopste davon. Lisa stürmte hinter ihm her. Von diesem Moment an sah Ricky Lisa nur noch aus der Ferne, zuerst vor allem mit Edgar, dann immer öfter mit Michael. Er wusste auf einmal, was er in seinem am Montag beginnenden Urlaub tun würde. Er würde leiden. Was immer er hier noch versuchen würde, würde nichts mehr daran ändern. Einmal winkte ihm Lisa noch zu. Das war ungefähr an der Stelle, an der sein Name in der Rede des Verlagschefs fehlte.

4

Ich schicke dir Licht und Liebe und lasse dich los.

Über seinen Vater wusste Ricky nicht viel. Er arbeitete für einen Stahl-Multi in Paraguay und hatte ihm und Theo einmal einen Sommerjob an einem Hochofen verschafft. Seither wusste er, wie sich Amalgamplomben bei glühender Hitze verhielten. Mehr Kontakt hatte Ricky zu seiner Mutter, die seit ihrer Midlife-Crisis einen Hang zur Esoterik hatte. Sie hatte immer tausend Mantras und Empfehlungen für ihn. Gewöhnlich schlug er sie in den Wind. Doch manchmal waren sie ein Mittel gegen die Bitterkeit. So wie ihr Rat für den Fall, dass ihn ein Mensch enttäuschte. Schick ihm Licht und Liebe und lass ihn los.

Er saß allein im »Fisch« und löschte Lisas Nummer aus seinem Handyspeicher. Leb wohl. Zur Sicherheit schrieb er sie vorher mit einem Kugelschreiber, den er sich von Angela lieh, auf die Rückseite der Zahlungserinnerung für seine Jahreskarte der Wiener Linien. Anschließend würde er sich oben in seiner Wohnung »The Power of Goodbye« von Madonna reinziehen. Schon wieder so ein Abend, dachte er. Er würde wahrscheinlich sein ganzes Leben lang einsam bleiben oder bei einer langweiligen Frau landen. Beruflich würde er auch nie weiterkommen. Aus Layoutern wurde nichts. Edgar erzählte manchmal im Suff, wie er einen Artikel über Brustkrebs gelayoutet hatte, der später mit einem Preis für Medizinjournalismus ausgezeichnet worden war. Das war womöglich der Höhepunkt seiner Karriere gewesen, obwohl es um ihn dabei nie gegangen war.

Angelas Hund Felix legte die feuchte Schnauze auf sein Knie. Ricky tätschelte ihm den Kopf. Er wäre am liebsten gleich nach oben gegangen, nur wäre er oben wahrscheinlich am liebsten gleich wieder heruntergekommen. Chris kam mit dem ihm eigenen federnden Schritt auf ihn zu.

»Du machst ein Gesicht, als würdest du zum ersten Mal in deinem Leben mit den Ohren zu wackeln versuchen«, sagte Chris.

»Wie sieht das aus?«, fragte Ricky.

»Angestrengt.«

Eigentlich wollte Ricky nicht mit Chris reden. Zumindest heute nicht. Er wollte überhaupt mit niemandem sprechen, der einen Sportwagen besaß. Und Chris, der im Penthouse am Dach wohnte, hatte einen blauen Ferrari 360 Spider.

»Ich verreise für drei Wochen«, sagte Chris.

Chris schrieb Drehbücher für TV-Produktionen und Kinofilme, und zwar ziemlich erfolgreich. Deshalb konnte er sich neben einer Dachwohnung in einem bürgerlichen Bezirk innerhalb des Gürtels ein zweihundertfünfundneunzig Stundenkilometer schnelles Cabrio und ausgedehnte Reisen leisten.

»Ich brauche etwas Abstand«, sagte Chris.

Angela brachte ihm einen Drink.

»Ich dachte, du bist schon weg«, sagte sie zu Chris.

Sie strich sich die langen braunen Haare aus dem Gesicht und lächelte. Frauen mochten Typen wie Chris.

»Bin ich auch«, sagte Chris. »So gut wie.«

»Was ist passiert?«, fragte Ricky.

»Beziehungsprobleme«, sagte Chris.

»Mit einem Ferrari hätte ich nie wieder Beziehungsprobleme«, sagte Ricky.

Chris redete zu seinem Drink, als wäre der ein Diktiergerät.

»Irgendwann schaust und hörst du nicht mehr hin«, sagte er. »Da ist vor allem noch Vertrautheit, doch die wird allmählich schal. Eine unbedeutende Streiterei oder ein harmloser Flirt, und auf einmal ist es vorbei. Du bist eine Weile aufgewühlt, trinkst ein bisschen zu viel, stürzt dich in etwas, die Zeit heilt die Wunden, und schon bist du wieder einmal auf der Suche nach deiner Traumfrau.«

Chris unterbrach sich und sah Ricky an.

»Hast du eigentlich eine Vorstellung von deiner Traumfrau?«

Irgendwie Lisa, dachte Ricky. Trotzdem. Theos Theorie war, dass die Welt schon ausgestorben wäre, wenn alle Männer nach dem ersten Korb gleich aufgeben würden. Dass man nur wissen musste, wann man penetrant wurde, und dass es auch egal war, wenn man es nicht wusste. Ricky war auf einmal nicht mehr sicher, ob er bei Lisa richtig abgeblitzt war. Vielleicht hatte er nur etwas falsch interpretiert.

»Aha. Du bist ihr gerade wieder einmal begegnet«, sagte Chris. »Weiß sie, dass du auf sie stehst?«

»Ich habe vorsichtige Signale ausgesandt.«

»Wenn dabei nur nicht deine Zunge am Boden gestreift hat«, sagte Chris. »Ich kenne dich doch. Du bist einer von den gutmütigen Typen, die Frauen gleich das Gefühl geben, dass sie notfalls bis zum Jüngsten Tag auf sie warten. Aber das funktioniert nicht.«

Angela blieb bei ihnen stehen und hörte zu.

»Solange wir stark sind, wollen wir nicht dorthin, wo jemand auf uns wartet«, sagte Chris. »Das wollen wir erst, wenn wir schwach sind. Das ist übrigens aus einem Film von mir. Gefällt es euch?«

Angela nickte.

»Mit einem Ferrarischlüssel in der Tasche ist es leicht, über die Liebe zu philosophieren«, sagte Ricky.

»Das mit dem Ferrari-Effekt überschätzt du«, sagte Chris zu Ricky. »Ein schnelles Auto zieht höchstens bei zwanzig Prozent der Frauen, und es sind nicht die zwanzig, die du willst.«

»Ich lehne Sportwägen schon deshalb ab, weil sie eine Respektlosigkeit gegenüber allen Dritten sind, die niemals mitfahren können«, sagte Angela.

»Zwanzig Prozent würden mir schon reichen«, sagte Ricky. »Egal welche.«

Chris legte einen Autoschlüssel auf die Theke. Er ähnelte dem Schlüssel des Fiat von Rickys Mutter, bloß zeigte das Emblem darauf ein schwarzes Pferd auf gelbem Untergrund. Für Ricky war es ein spiritueller Moment. Er wusste, was als Nächstes passieren würde. Er spürte, wie sich etwas Wesentliches in ihm zu verändern begann, mächtiger und widerstandsfähiger wurde. Er vermutete, dass es sein Ego war. Selbst Felix schien zu spüren, dass etwas Besonderes vorging. Er blickte winselnd und wedelnd zu Ricky hoch und machte sich sprungbereit.

»Nimm den Wagen«, sagte Chris. »Wenn du es damit schaffst,

in drei Wochen drei Frauen aufzureißen, hast du gewonnen. Wenn du es nicht schaffst, habe ich gewonnen.«

Ricky schob den Schlüssel weg.

»Und wenn ich ihn kaputt mache?«

Chris zuckte die Schultern.

»Der Wagen nervt mich sowieso. Irrsinnig laut, siebzehn Liter auf hundert Kilometer und ständig irgendwelche Macken. Außerdem ist ein Auto ein Gegenstand, und Gegenstände sind auch nur Illusionen.«

Chris' Augen wurden ganz feucht. Ricky wusste nicht, ob er von seiner eigenen philosophischen Tiefe so gerührt war oder von seiner spontanen Großzügigkeit.

»Ist er schwer zu fahren?«, fragte Ricky.

Chris winkte ab.

»Wie ein Golf, nur schneller.«

»Sagen wir, eine«, sagte Ricky.

»Eine … was?«

»Eine Frau in drei Wochen.«

Er wartete, bis Angela, die im Lokal zu tun hatte, außer Hörweite war.

»Du musst bedenken, dass ich in den vergangenen drei Jahren keine einzige aufgerissen habe«, sagte Ricky.

Chris grinste.

»Einverstanden«, sagte er. »Eine Frau in drei Wochen.«

Ricky sah beglückt zur Straße hinaus. Nicht weil da irgendwo der 360 Spider stehen musste, sondern weil sie, wie alle Straßen der Welt, von jetzt an ihm gehörte.

5

Ricky hatte ziemlich gut geschlafen, Müsli mit Pfefferminztee gefrühstückt, geduscht, ein Sweatshirt, Jeans und Turnschuhe angezogen, und jetzt ging er über die abgetretenen Steinstufen des Gründerzeithauses langsam nach unten. Auf der Straße draußen wartete ein blaues Kraftpaket mit vierhundert PS, 3,6 Litern Hubraum und acht Zylindern auf ihn. Null auf hundert in 4,5 Sekunden. Der Wagen war schon ein paar Jahre alt und damals wie der Porsche Boxster ein Einsteigermodell gewesen, aber das machte keinen Unterschied. Ferraris hatten kein Alter, und die richtigen Einsteiger, die Neureichen und die Zuhälter, fuhren den 360 Spider in Ferrarirot oder vielleicht noch in Schwarz. Die Frühlingssonne blendete ihn, als er hinaustrat. Die Straßenbahn der Linie 49, die vom Volkstheater nach Hütteldorf fuhr, rumpelte vorbei. Die Hand, in der er den Schlüssel hielt, war feucht. Lampenfieber, dachte er, zumindest fühlte es sich genauso an. Sein Handy läutete. Lisa. Er erkannte ihre Nummer auch so. Der Abend gestern kam ihm ziemlich weit weg vor. Es war, als wäre er damals ein anderer Mensch gewesen.

»Hast du heute frei?«, fragte sie.

»Zeitausgleich«, sagte er. »Und ab Montag Urlaub.«

»Gestern warst du so schnell weg.«

Mit dem Telefon am Ohr betrachtete Ricky den Ferrari. Direkt vor der Haustür glänzte er im Sonnenlicht, monumental in seiner sportlichen Schönheit. Die vier Auspuffrohre ragten aus dem Heck wie Gewehrläufe aus Schießscharten. Fährt sich wie ein Golf, nur schneller, dachte Ricky und betrachtete den Plastikschlüssel. Wenn Chris da nur recht hatte. Er vermied den Blick zum Gastgarten des »Fisch«, in dem sich ein paar Gäste sonnten. Er hätte bei seiner ersten Ausfahrt mit dem Boliden lieber kein Publikum gehabt.

»Ich bin dann auch bald gegangen«, sagte Lisa.

Ricky drückte mit dem Daumen auf den Türöffner. Erst einmal hineinsetzen, dachte er. Sich an das Klima im Cockpit gewöhnen. Die Hände aufs Lenkrad legen und dann weitersehen.

»Wie denkst du über Männer mit Ferraris?«, fragte er.

»Fragst du wegen Michael? Michael ist ein Großmaul. Außerdem war das ein Porsche, glaube ich.«

Ein Golf und der Fiat seiner Mutter sprangen bei Betätigung des Türöffners auf. Der Ferrari dagegen machte keinen Mucks. Ricky drückte noch einmal auf den Knopf. Kein Ergebnis. Vielleicht klackte es bei einem Ferrari nicht wie bei einem Golf oder bei einem Fiat. Er zog am Türgriff, der in einem fließenden Schwung in den Lüftungsschlitz im Heck überging. Nichts. Der Wagen blieb verschlossen.

Er spürte, dass die Gäste des »Fisch« auf ihn aufmerksam wurden. Es war immer so. Niemand bemerkte ihn, außer er machte sich gerade zum Affen. Er tat geschäftig. Dass er Lisa noch am Telefon hatte, kam ihm dabei gelegen.

»Willst du wissen, was ich gestern nach der Party getan habe?«, fragte sie. »Aber du darfst es nicht weitererzählen.«

Ricky vermutete, dass es etwas mit Michaels Zunge zu tun hatte, aber das war ihm im Moment egal. Vom »Fisch« her war bereits Gelächter zu hören. Hektisch drückte er wieder und wieder auf den Türöffner.

»Ich bin zur Wohnung meines Ex gefahren«, sagte sie. »Wollte sehen, ob Licht brennt. Einfach nur so.«

»Und?«

»Alles war dunkel.«

Hatte ihn Chris verarscht und ihm einen falschen Schlüssel gegeben? Unmöglich.

»Scheiße«, sagte Ricky.

»So scheiße war es gar nicht«, sagte Lisa. »Ehrlich gesagt halte ich mich für ein bisschen lesbisch.«

Zum ersten Mal wandte Ricky seine volle Aufmerksamkeit dem Lokal zu. Es war noch schlimmer, als er befürchtet hatte. Ein paar Gäste waren aufgestanden. Sie winkten und deuteten. Ihm wurde heiß und ein bisschen schlecht. Immer dieses Gefühl, bis auf die Knochen blamiert zu sein. Jeder konnte offenbar sehen, was er falsch machte, bloß er selbst nicht. Es war zum Weinen.

»Männer können toll sein«, sagte Lisa. »Aber wenn ich jemanden wirklich faszinierend finde, du verstehst schon, dann ist es eigentlich immer eine Frau.«

Plötzlich begriff auch Ricky, was er falsch machte. Der Ferrari von Chris stand direkt vor dem »Fisch«. Er hatte ihn vor aller Augen unaufhörlich auf- und zugesperrt, während er in den Wagen eines Fremden einzusteigen versucht hatte. Es standen an diesem Freitagvormittag tatsächlich zwei blaue Ferrari 360 Spider in der Westbahnstraße, und zwar auf derselben Straßenseite und fast auf gleicher Höhe. Dem Pech, das ihn verfolgte, würde er auch mit Tempo zweihundertfünfundneunzig nicht davonfahren können.

»Hörst du mir überhaupt zu?«, fragte Lisa.

»Sicher.«

Mit dem Telefon am Ohr und dem Schlüssel in der Hand zog sich Ricky ins Haus zurück. Er versuchte dabei, so zu tun, als wäre er nie geboren worden. Er meinte, dass hinter ihm noch jemand ins Haus schlüpfte. Doch als er sich umdrehte, war da niemand.

»Ricky?«

»Ja?«

»Du bist böse auf mich, stimmt's?«

»Nein, wirklich nicht.«

6

Die Nacht stand dem Ferrari gut. Im Schein der Straßenlampen und des Lichtes aus dem »Fisch« sah er mondän aus. Er allein schaffte es, der Westbahnstraße mit ihren farblosen Läden, der kleinen Fotogalerie, der klassizistischen Pfarrkirche, dem Friseur und den Cafés zumindest für ein paar Meter das Charisma eines Hollywood-Boulevards zu verleihen.

Der zweite Ferrari war inzwischen verschwunden. Ricky hatte mit Chris vereinbart, dass er den Wagen in einer nahen Parkgarage abstellte, doch diese Aufgabe war ihm im Moment noch zu groß. Bisher hatte er es noch nicht einmal ins Cockpit geschafft. Auch jetzt probierte er nur im Vorbeigehen den Türöffner noch einmal. Dieses Mal funktionierte er. Das reichte ihm für den Anfang. Er betrat das »Fisch« und setzte sich zu Theo, der von seiner Wette mit Chris noch nichts wusste.

»Schau mal die da«, sagte Theo. »Hast du gesehen, wie die den Ferrari anglotzt?«

Theo deutete mit dem Kopf auf eine Frau mit klobigen Schuhen, einem Leberfleck am Nasenflügel und abgekauten Fingernägeln. Sie war eine von den Erscheinungen der Wiener Beislszene, die einander allein wegen ihrer Ausstrahlung trotz aller äußeren Unterschiede so sehr ähnelten, als wären sie alle Schwestern. Sie trugen gern Jeans, sahen die großen Dinge des Lebens prinzipiell mit trockener Ironie, fühlten sich irgendwie als Künstlerinnen, und mit der Zeit wurden ihre Zähne vom Rotwein und vom Kräutertee ein wenig stumpf.

»Sie zupft ihre Augenbrauen nicht, was mich im Hinblick auf ihre sonstige Körperbehaarung Böses ahnen lässt«, sagte Theo. »Aber egal.«

Er rutschte an der Theke zu ihr hinüber.

»Wie heißt du?«, fragte er.

»Warum willst du das wissen?«

»Habe ich mich geirrt, oder gefällt dir mein Wagen?«

Theo deutete zur Tür.

Sie schüttelte ungläubig den Kopf.

»Der Ferrari gehört dir?«

Theo nickte.

»Wenn das dein Wagen ist, heiße ich Lisl Goldarbeiter«, sagte sie.

»Lisl ... wie?«

»Lisl Goldarbeiter. Das war die bisher erste und einzige Österreicherin, die zur Miss Universum gewählt wurde. Ich dachte mir schon, dass du noch nie von ihr gehört hast.«

»Im Bett war ich jedenfalls noch nicht mit ihr, falls du das meinst«, sagte Theo.

»Abgesehen davon, dass sie 1997 im Alter von achtundachtzig Jahren gestorben ist, hat sie ihr ganzes Leben mit einem einzigen Mann verbracht. Für ihn hat sie sogar ihre Hollywood-Karriere geopfert. Kannst du beweisen, dass der Ferrari dir gehört?«

»Ich bin Berufsdetektiv«, sagte Theo. »Autos sind mir im Prinzip egal, aber ich brauche dienstlich etwas Schnelles.«

Ricky kannte das mit dem Berufsdetektiv schon. Theos Onkel war einer gewesen. Dafür, dass er gesoffen und ziemlich schlecht im Geschäft gewesen war, hatte er ein spektakuläres Ende gefunden. Eines Nachts war er auf einer Baustelle erschossen worden, und bis heute wusste kein Mensch genau, warum. Theo hatte erst nach dem Tod seines Onkels erfahren, dass er überhaupt einen gehabt hatte. Er war von ihm nachträglich fasziniert gewesen und sogar in seine Hütte an der Alten Donau gezogen. Er hatte beschlossen, auch beruflich in seine Fußstapfen zu treten. Die Zulassung als Berufsdetektiv fehlte ihm allerdings noch. Deshalb arbeitete er vorläufig beim Wachdienst und fuhr einen weißen Ford Ka mit Blaulicht als Dienstwagen. Jetzt senkte er seine Stimme zu einem Raunen.

»Was würdest du tun, wenn ich einen Autoschlüssel herausholen und den Ferrari von hier aus aufmachen würde?«, fragte Theo.

Sie zuckte die Schultern.

»Vermutlich würde ich Ja sagen.«

»Ja?«

»Du würdest mich gleichzeitig zu einer Spritztour einladen, und ich würde über dein kindisches Zwinkern hinwegsehen.«

Ricky holte den Schlüssel aus der Tasche. Seine Hände zitterten.

»Wie wäre es damit?«, fragte er.

Seine Stimme war rau vor Aufregung. Da gingen auch schon das Innen- und das Abblendlicht des Ferraris an, und Ricky grinste auf eine Art, die er von sich nicht kannte.

»Verdammt«, sagte Theo. »Wie hast du das gemacht?«

Die Frau kam zu Ricky herüber.

»Rate, wie ich wirklich heiße«, sagte sie.

»Anna«, sagte Ricky.

»Wie kommst du jetzt darauf?«

»Statistisch gesehen ist Anna der häufigste weibliche Vorname der Welt«, sagte Ricky. »Meine Chancen auf einen Treffer sind damit also am höchsten.«

»Ein Mathematikgenie bist du also auch noch.«

Sie ließ den Blick zwischen Ricky und dem Ferrari hin- und herwandern.

»Ich bin Theresa«, sagte sie.

Ihre Hand fühlte sich für Ricky etwas schwielig an, fast wie eine Männerhand.

»Theresa Goldarbeiter. Ich bin eine Urgroßcousine von Lisl Goldarbeiter. Wenn du willst, können wir jetzt fahren.«

Theo stieß sein Bierglas um. Angela bedeutete ihm, dass es nichts ausmache. Sie verscheuchte ihren Schäferrüden, der seine Zunge unter das von der Theke tropfende Bier hielt.

Ricky fand, dass Theresa eigentümlich roch. Er fragte sich, was ihm objektiv lieber gewesen wäre – mit ihr zu schlafen oder den Ferrari dreimal innen und außen gründlich zu reinigen. Das hatte er am Ende mit Chris als seinen Wetteinsatz vereinbart. Vielleicht war es auch nur die Nervosität, dachte er. Besser, er blieb dran. Wenn er jetzt kniff, machte er sich nachher vielleicht Vorwürfe.

»Auf Theresa wäre ich nie gekommen«, sagte er.

»Und wie heißt du?«

»Ricky.«

»Von Richard?«

»Nur Ricky. Meine Eltern haben sich das ausgedacht.«

Draußen beim Auto verließ ihn sein neuer Schwung. Genauso hätte er sich vor einem Düsenjet gefühlt. Er hatte keine Ahnung, wie er es manövrieren sollte. Er war noch nicht so weit. Er hatte sich selbst überholt. Irgendwie musste er die Spritztour auslassen und gleich zum nächsten Punkt kommen.

»Ich wohne übrigens hier im Haus«, sagte er. »Oben im Penthouse.«

Chris hatte ihm auch seinen Wohnungsschlüssel dagelassen, damit er die automatische Bewässerungsanlage für seine Dachterrasse kontrollieren konnte. Seine eigene Dreißig-Quadratmeter-Wohnung hätte auch im perfektesten Abschleppmodus nicht zu einem Ferrari gepasst.

Theresa sah nach oben.

»Hier im Haus«, sagte sie. »Deshalb gehst du in so eine Klitsche. Hat mich schon gewundert.«

»Man hat von da oben einen tollen Blick zum Stephansdom«, sagte Ricky.

Das stimmte nicht. Von Chris' Terrasse aus war nur der Fassadenturm der kaum fünf Blocks entfernten Schottenfeldkirche zu sehen. Doch darauf kam es nicht an.

»Sieht schön aus, bei Dunkelheit«, sagte er. »Wenn du willst, zeige ich ihn dir.«

Theresa grinste.

»Das kannst du dir für später aufheben. Zuerst sehen wir uns deine Fahrkünste an.«

Theresa glitt geschmeidiger, als er es ihr zugetraut hatte, ins Cockpit. Ricky stieg ebenfalls ein. Drinnen schloss er die Augen. Es roch so ähnlich wie im Fiat seiner Mutter, nur mehr nach Leder und nach etwas, das vielleicht von den acht Zylindern kam.

»Geiles Gefühl«, sagte Theresa. »Man sitzt so verdammt tief.«

Ricky legte die Hände aufs Lenkrad. Von wegen Golf. Es gab keinen Schaltknüppel. Hinter dem Lenkrad waren Schaltwippen. Rechts nach oben, links nach unten.

»Ich bin schon einmal in einem Lotus gesessen, und natürlich in Porsches«, sagte Theresa. »Aber noch nie in einem Ferrari. Wohin fahren wir?«

Ricky suchte unauffällig nach dem Rückwärtsgang. Auch Ferraris mussten gelegentlich mal rückwärtsfahren, zum Beispiel um aus einer Parklücke herauszugelangen. Aber wo war bei einem Wagen mit Schaltwippen statt einem Knüppel der Rückwärtsgang?

Theresa wurde ungeduldig.

»Warum habe ich auf einmal das Gefühl, dass du auch zum ersten Mal in diesem Auto sitzt?«

Ricky lehnte sich zurück.

»Was hältst du davon, wenn wir morgen ein bisschen in den Weinbergen cruisen? Morgen ist Sonntag, und es soll mild und sonnig werden. Wir können offen fahren.«

»Ist das nun dein Wagen oder nicht?«

»Ich würde dich morgen gern wiedersehen«, sagte Ricky.

Seine Stimme klang blechern.

»Fahren wir, und du siehst mich morgen wieder.«

»Ich weiß nicht.«

»Scheiße«, sagte sie. »Warum ist jeder Typ, an den ich gerate, ein totaler Reinfall?«

Schick mir Licht und Liebe und lass mich los, dachte Ricky.

Theresa setzte ihre klobigen Schuhe auf den Asphalt.

»Vielleicht stellst du mir einmal den Typen vor, der dir den Ferrari geliehen hat«, sagte sie. »Erstens hat er ein Gefühl für Ausstattung, und zweitens muss er ein gutes Herz haben, sonst würde er einem Verlierer wie dir nicht so einen Wagen anvertrauen.«

Als sich Theresa hinausgeschwungen hatte, hielt ein Aston Martin neben Ricky. Der Fahrer, dem graue Brusthaare aus dem Hemdausschnitt quollen, bedeutete ihm, das Fenster herunterzulassen. Dann zeigte er auf den Wagen.

»Ihrer?«

Ricky nickte.

»Gratuliere«, sagte der Mann. »In Ihrem Alter hatte ich noch nicht einmal einen Porsche.«

Als der Aston Martin weiterschnurrte, war Theresa verschwunden. Er schlurfte zurück ins »Fisch«. Theo wusste inzwischen von Angela, wem der Ferrari wirklich gehörte.

»Wie hast du es diesmal vermasselt?«, fragte er Ricky.

»Wo zum Teufel ist bei einem Ferrari der Rückwärtsgang?«, fragte Ricky.

»Die Wippe in der Mitte«, sagte Theo.

»Woher weißt du das?«

»Allgemeinbildung. Man weiß ja auch, wo bei einer Frau die Brustwarzen sitzen.«

Ricky erzählte ihm von seiner Wette mit Chris.

»Es lief doch gut«, sagte Theo. »Du hättest nur deine Hausaufgaben machen müssen. Und außerdem war Theresa nicht gerade der Hammer.«

Ricky sah sich um. Seit der Typ im Aston Martin aufgetaucht war, fühlte er sich beobachtet und wusste nicht, warum. Der Schatten im Hausflur, den er am Nachmittag zu sehen gemeint hatte, fiel ihm ein.

»Kopf hoch«, sagte Theo. »Eine Frau in drei Wochen. Mit einem Ferrari müsstest eigentlich sogar du das schaffen.«

Oskar betrat das Lokal. Angela hob den Kopf, denn Oskar hatte Lokalverbot. Er ging immer zu den hübschen Mädchen, tat so, als würde er sie verwechseln, und begrüßte sie überschwänglich, wobei er sie küsste und begrapschte.

»Leute«, sagte er, »ich habe mir selbst einen Witz ausgedacht. Wollt ihr ihn hören?«

»Nein«, sagte Theo.

»Geh bitte wieder«, sagte Angela. »Für dich ist das hier eine geschlossene Gesellschaft.«

Oskar ließ sich nicht beirren.

»Ein Patient erwacht nach einer Penistransplantation. Er schaut unter die Decke und kann nichts sehen. Er beschwert sich bei der Schwester, die in ihren Unterlagen nachsieht und ihn beruhigt. Alles in Ordnung, meint sie, die Operation ist geglückt, bloß war der Organspender ein Ferrarifahrer. Hier haben Sie eine Lupe.«

Ricky und Theo betrachteten ihn mit reglosen Mienen.

»Nicht gut?«, fragte Oskar.

7

Das Standgas knurrte angriffslustig. Als Ricky aufs Gaspedal tippte, wurde aus dem Knurren ein Grollen, dann ein Fauchen und ein Kreischen. Er hatte sich eingelesen, genug Zeit reserviert, und er hatte diesmal einen Plan. Am Freitagabend hatte er den Wagen bekommen, jetzt war Montag, und er hatte noch jede Menge Zeit. Er würde zur Übung so lange ziellos herumfahren, bis er vergaß, dass er in einem Ferrari saß.

Die Parklücke vor ihm war frei. Das vereinfachte die Sache. So brauchte er den Rückwärtsgang nicht. Wie ein Golf fühlte sich der Ferrari allerdings nicht an, fand er. Eher wie ein Gokart, niedrig, kurz und breit. Der Lärm des Motors bei der geringsten Bewegung seines rechten Fußes war ihm anfangs peinlich. Er war sicher, dass der ganze Bezirk wusste, dass ein Angeber in einem Auto unterwegs war, das ihm nicht einmal gehörte. Hatte er das nötig? Er betrachtete sich im Rückspiegel. Sein Milchgesicht ließ ihn um vier Jahre jünger aussehen. Er brauchte fast zwei Wochen für einen Dreitagebart, und immer wenn Frauen ihren Traummann beschrieben und damit anfingen, dass er groß sein müsse, hätte er weinen können. Ja, er hatte es nötig.

Langsam rollte er die Westbahnstraße hinauf zum Gürtel. Er lauschte dem Konzert des Motors, das die Klangingenieure komponiert hatten. Jeder Mensch bekam vom Schicksal irgendetwas, mit dem er punkten konnte, dachte er dabei. Wie es aussah, war das bei ihm ein geliehener Ferrari. Wenn er nicht möglichst viel daraus machte, war er ein Idiot.

Er überquerte den inneren Gürtel und bog beim Westbahnhof in die Mariahilfer Straße ab. Der Tag war nicht mehr ganz so strahlend sonnig wie das Wochenende, aber die Wolken standen hoch, und es gab keinen Wind. Die Bummler in der Einkaufsmeile wirkten entspannt. Chris hatte recht gehabt, fand Ricky. Alles ging ziemlich leicht. Nach einer Viertelstunde konnte er den Ferrari locker mit zwei Fingern lenken. Er folgte der

Mariahilfer Straße und bog bei den großen Museen in die Ringstraße ein. Präzise Lenkung, perfekte Balance, maximaler Vortrieb und dieses Klack-klack-klack der Schaltung. An einer Kreuzung vor dem Rathauspark, in dem schon die Bäume blühten, deutete eine Frau in einem Renault-Cabrio zu ihm herüber. Es geht also los, dachte er und ließ das Fenster herunter. Das Gesicht der Frau war ganz rot.

»Du hast mich geschnitten, Arschloch«, sagte sie.

Als es grün wurde, schoss das Cabrio davon. Ricky würgte den Motor ab. Startknopf. Nichts. Er zog den Schlüssel ab, steckte ihn wieder ins Zündschloss und drückte den Knopf neuerlich. Da war es wieder, das Kreischen. Gott sei Dank. Die Ampel stand wieder auf Rot.

Neben ihm hielt ein grauer Lieferwagen. Er hatte sich an seine Seite gedrängelt. Er würde ihn ziehen lassen. Machostil war etwas für GTI-Piloten. Der Lieferwagen reihte sich trotzdem hinter ihm ein. Er würde sich an Schaulustige gewöhnen müssen, dachte Ricky. Schon die ganze Zeit starrten ihm Passanten nach und zeigten auf ihn. Neidvolle, bewundernde, verträumte und aggressive Blicke. Bei seinem Auftauchen hatte niemand Augen für die Auslagen. Wenn er an einer Kreuzung im Leerlauf ein bisschen Gas gab, nahmen Mütter erschrocken ihre Kinder an die Hand. Ricky hätte gern das Gesicht des Mannes im Lieferwagen hinter ihm gesehen, aber die Scheibe spiegelte zu sehr.

Die Zeit verging wie im Flug. Er brauchte kein Radio. Die Geräuschkulisse hätte nicht besser sein können. Der Ferrari verwandelte jede Gasse in einen Lärmkessel. Die Hausfassaden warfen das Knurren, Grollen, Fauchen und Kreischen des Motors zurück. Als Theo anrief, war Rickys Stimme ein Hauchen.

»Es ist so unglaublich schön«, sagte er.

»Spinnst du? Was tust du?«

»Ich fahre.«

Ricky legte wortlos auf. Ein Ferrari war besser als ein Pferdeschwanz, ein Dreitagebart in drei Tagen und ein Meter neunzig Körpergröße zusammen. Er fuhr zweimal am Ring im Kreis und dann zurück zur Mariahilfer Straße. Er wollte ein bisschen

Einparken üben und fädelte sich in die Gassen des siebten Bezirks ein. Dabei fragte er sich, ob der Lieferwagen mit der spiegelnden Scheibe hinter ihm, ein grauer Vito, noch immer derselbe war. Das wäre dann wohl doch etwas viel an Ferrari-Begeisterung gewesen, fand er. Von diesen Vitos gab es außerdem jede Menge. Gleich vor ihm fuhr noch einer. Lustig, dachte Ricky. Die Welt bestand aus grauen Vitos und ihm.

In der Mondscheingasse fand er einen Parkplatz, der ihm geeignet erschien. Wenn eine Frau neben ihm saß, musste er das können. Einfach war es nicht. Die Sicht nach hinten war schlecht. Er brauchte drei Anläufe, um es in die Parklücke zu schaffen, die für eine Stretchlimo mit Bootsanhänger gereicht hätte. Trotzdem war er für den Anfang zufrieden. Er löste den Gurt. Dabei fiel ihm auf, dass einer der beiden grauen Vitos schräg hinter ihm stand. Der andere war auch noch da. Er stand schräg vor ihm. Vielleicht mussten Ferrarifahrer Autogramme geben. Ricky tastete nach dem Griff der Tür, da wurde sie von außen aufgerissen.

»Was soll das?«, rief er.

Zwei Männer in schwarzen Pullovern zerrten ihn aus dem Wagen. Um wie viel war er zu schnell gefahren? Nein, das war weder die Polizei noch ein Scherz und wenn, dann ein verdammt schlechter. Die Typen trugen schwarze Skimasken, und ihre Augen in den Schlitzen sahen kalt und seltsam gelassen aus, als würden sie so etwas jeden Tag machen. Ein professionelles Kommando im Einsatz. Die klauten Luxusautos. Nicolas Cage in »Nur noch sechzig Sekunden« fiel ihm ein. Das würde Ämterwege statt Spritztouren bedeuten. Er konnte dann versuchen, in drei Wochen eine Schalterbeamtin vom Verkehrsamt aufzureißen. Das Schicksal hatte ihm vielleicht noch etwas anderes als den Ferrari gegeben, mit dem er punkten konnte. Er musste es nur entdecken. Wie machte er den Typen bloß klar, dass er nicht um den Wagen kämpfen würde?

Ehe er richtig darüber nachdenken konnte, wirbelten sie ihn um die eigene Achse. Dabei verlor er die Orientierung. Im nächsten Moment flog er in einen Laderaum. Er hörte die Männer an Bord springen und die Hecktür zuknallen. Jemand zog ihm etwas Schwarzes über den Kopf, das nach Diesel roch. Der Wagen fuhr in aller Ruhe an. Die Typen hatten es nicht eilig. Anscheinend war ihnen niemand auf den Fersen. Niemand, der ihm helfen konnte.

»Zeit?«, fragte einer der Typen.

Seine Stimme war ein metallisches Schnarren.

»Noch fünf Minuten.«

Wieder so ein Schnarren. Es klang, als wäre er von Robotern entführt worden. Es konnte sich nur um Stimmverzerrer handeln. Wenn es ihr Plan gewesen wäre, ihn umzubringen, hätten sie sich die sparen können, dachte Ricky. Das war immerhin ein kleiner Lichtblick.

Ricky wusste nicht, wie viele Kerle es waren. Er kauerte in einer Ecke und spürte unter sich die blechernen Rillen des Laderaums. Es war stickig und heiß.

»Was wollt ihr von mir?«

Ein neuerliches metallisches Schnarren war die Folge.

»Halt die Klappe.«

Vielleicht waren die Typen wirklich Roboter.

Rickys Gedanken überschlugen sich. Keiner ergab Sinn. Wozu kidnappten sie den Fahrer eines Autos, das sie klauen wollten? Dachten die etwa, dass einer, der so einen Wagen fuhr, auch Lösegeld abwerfen würde? Waren die im Zeitalter der Leasingfinanzierung so dumm?

»Ich bin niemand«, sagte Ricky.

Geschnarrtes Lachen.

Vielleicht waren diese Typen eine besonders schlimme Version jener Leute, die Mercedessterne abbrachen und BMW-Embleme von den Kühlerhauben stemmten. Sie misshandelten nicht nur die Autos, sondern auch ihre Fahrer. Eine Art Ku-Klux-Klan für Luxusautos.

»Der Wagen gehört mir nicht«, sagte Ricky.

Im nächsten Moment stopfte ihm jemand einen Knebel in den Mund. Der schmeckte nach Sand, Motoröl und Küchenrolle. Gleichzeitig hörte Ricky ein Klacken, von dem er hätte schwören können, dass es von einem Springmesser kam.

In einer Kurve verlor er den Halt. Jemand schubste ihn unsanft an seinen Platz zurück. Der Wagen hielt. Eine Kreuzung. Vielleicht standen Passanten draußen. Er nahm alle Kraft zusammen und stieß einen dumpfen Laut aus. Im nächsten Moment sah er Sterne. Kaum hatte er sich von dem Faustschlag erholt, traf ihn noch einer. Er sackte zusammen.

Es folgte ein Durcheinander von geschnarrten Sätzen.

»Stopp! Alles stopp.«

»Was ist?«

»36,8.«

»Das war's?«

»Sieht so aus.«

»Ist gut.«

»Warte noch. Ich will keine Probleme kriegen.«

Der Wagen bog scharf ab und nahm Tempo auf. Außerirdische, dachte Ricky. Also doch. Was wollten Außerirdische ausgerechnet von ihm? Vielleicht war er selbst auch ein Außerirdischer. Er hatte sich zumindest schon oft genug so gefühlt. Vielleicht holten sie ihn heim. Vielleicht war er auf irgendeinem Stern ein Imperator. Aber haute man einem Imperator die Faust ins Gesicht? Jemand packte ihn am Genick und zerrte ihn quer durch den Wagen.

Ein neuerliches Schnarren.

»Dreh dich nicht um.«

Wen meinten die? Ihn?

Jemand riss ihm den Knebel aus dem Mund und die Mütze vom Kopf und packte ihn gleichzeitig an den Haaren, sodass sein Kopf fixiert war. Ricky kniete mit dem Gesicht hart an der seitlichen Schiebetür am Boden. Genickschuss und aus, dachte er. Da flog die Tür vor ihm auf. Er stieß einen lang gezogenen Schrei aus. Im nächsten Moment katapultierte ihn ein Tritt hinaus. Asphalt, die Bordsteinkante, dahinter ein Grünstreifen. Offenbar befanden sie sich wieder am Gürtel.

Der Grünstreifen war zu weit weg, als dass er sich dorthin hätte retten können. Am schlimmsten wäre es, wenn er mit dem Kopf an der Bordsteinkante aufschlagen würde. Er purzelte. Es war wie damals als Kind mit dem Fahrrad stürzen. Bisher hatte er es immer überlebt. Und dann auf und weg. Bloß war diesmal die Geschwindigkeit höher. Sein Körper fühlte sich an, als wiege er neunhundert Kilogramm. Das Hupen eines Lasters. Er dachte an die Behändigkeit, mit der Edgar seinen schweren Körper manövrierte. Aber es ging nicht. Aus eigener Kraft konnte er nicht mehr überleben. Noch ein Hupen, dann wummerten Zwillingsräder so knapp an seiner Nase vorbei, dass er meinte, ihren Gummi riechen zu können. Gleich darauf lag er mit dem Gesicht zwischen staubigem Löwenzahn und einem Haufen Hundescheiße. Wenn die Hundescheiße nicht gewesen wäre, wäre er liegen geblieben, um zu fluchen, zu beten oder einfach zu weinen.

Auf einer Holzbank nahe der U-Bahn-Station Gumpendorfer Straße sammelte er sich. Es war kurz nach halb sechs. Stoßzeit. Seine Jeans waren vom Sturz auf die Straße an der rechten Hüfte durchgerieben. Dort brannte seine Haut, und sein Nasenbein fühlte sich von den beiden Schlägen geschwollen an. Seine Brieftasche und den Autoschlüssel hatte er noch. Um den Ferrari war es den Typen also nicht gegangen. Sie waren keine Räuber gewesen. 36,8. Er hatte überhaupt keine Ahnung, was ihm gerade geschehen war. Er rief Theo an.

»Du wirst nicht glauben, was mir gerade passiert ist«, sagte er.

»Du hast dich in einen Dosenspitzer verliebt, und jetzt denkst du, dass er von der Größe her genau passen könnte, aber dass er dich doch nur verletzen würde.«

Theo lachte wie immer herzlich über seinen eigenen Witz.

Ricky fragte sich, was Lisa zu alldem sagen würde.

»Schieß los«, sagte Theo. »Was war?«

»Nichts«, sagte Ricky.

Er war auf einmal erschöpft. Er wusste nicht, zu wem er mit seiner Geschichte gehen sollte. Niemand würde ihm glauben. Lisa sowieso nicht. Theo auch nicht. Und die Polizei? Er hatte sogar selbst das eigentümliche Gefühl, dass die Geschichte, die er den Beamten erzählen würde, gar nicht stimmte. Sie war einfach zu absurd. Einem Layouter mit Milchgesicht, Pauschalistenvertrag und Kleinwohnung passierte so etwas nicht. Er war nicht der Typ, der ins Visier von Verbrechern geriet. Nicht einmal mit einem Ferrari. Es war sonnenklar, dass es sich nur um eine Verwechslung handeln konnte. Und verwechselt haben konnten sie ihn nur mit einem. Mit Chris.

Warum war Chris wirklich verreist? Er musste versuchen, ihn zu erreichen. Solange hielt er wohl besser den Mund.

8

»Z…E…U…S«, buchstabierte Theo.

Ricky saß mit Theo im »Fisch«. Er hatte geduscht und sich umgezogen. Nun war er schweigsam, was Theo ebenso wenig aufgefallen war wie sein leicht zerbeultes Gesicht. Angela hatte ihn deswegen gefragt. Er hatte abgewinkt.

»Alles in Ordnung.«

Theo war gut gelaunt.

»Da drüben muss es einmal ein griechisches Restaurant gegeben haben«, sagte er.

Die Buchstaben einer längst verschwundenen Leuchtschrift hatten am gegenüberliegenden Haus Schatten hinterlassen. »Zeus«, der Name des mächtigsten griechischen Gottes, war dort zu lesen.

Ricky hob den Kopf und nickte. Er hatte im »Fisch« schon oft genug sinnlos vor sich hingestarrt, um den Schriftzug zu kennen.

»Stell dir vor, die alten Griechen hätten mit ihren Göttern recht gehabt und es gäbe Zeus, Aphrodite und all die anderen wirklich«, sagte Theo. »Da sie unsterblich waren, würde es sie noch immer geben. Die wären arme Schweine. Götter, an die niemand mehr glaubt. Wahrscheinlich hätten sie vor lauter Langeweile menschliche Gestalt angenommen und würden hier auf Erden wandeln.«

Angela nahm ihm mit einem misstrauischen Blick das Bierglas weg, obwohl es noch nicht leer war. Theo beschwerte sich, doch Angela blieb dabei.

»Kaffee?«, fragte sie.

»Okay.«

Ricky folgte Theos Ausführungen nur mit halbem Ohr. Er hatte Chris zu erreichen versucht und ihm Nachrichten auf der Sprachbox, per SMS und per E-Mail hinterlassen. *Bitte dringend um Anruf.* Wenn Chris das eigentliche Ziel des Anschlags gewesen war und absichtlich abgetaucht war, wusste er vermutlich, in was für eine Situation er ihn gebracht hatte. Dann hatte er womöglich schon mit seinem Anruf gerechnet und meldete sich absichtlich nicht.

»Wenn die griechischen Götter alle menschliche Gestalt angenommen haben und auf Erden wandeln, dann ist Aphrodite jetzt vielleicht so eine Art galaktisches Unterwäschemodel«, sagte Theo.

Er unterbrach sich, um in den Flüsterton zu wechseln.

»Mein Gott«, sagte er, »ich glaube, da kommt sie gerade zur Tür herein.«

Ricky hob den Blick. Auch er fand die Erscheinung, die sofort die Aufmerksamkeit aller Gäste im »Fisch« auf sich zog, überirdisch. Die Kleidung der schlanken Frau, die mit gemessenen Schritten auf die Theke zukam, sah aus wie mit einem Pinsel aufgetragenes Türkis. Ihre Haare ragten silberfarben und von metallenen Ringen gehalten aus der Mitte ihrer Schädeldecke senkrecht nach oben. Theo rutschte von seinem Hocker. Ricky versuchte ihn zurückzuhalten.

»Warte lieber«, sagte er. »Ich halte sie für gefährlich.«

Ihre Figur sah tatsächlich aus, als wäre sie aus einer Unterwäschewerbung gesprungen, die mit Photoshop bearbeitet worden war. Sie hatte eine Taille wie ein Knabe und Brüste wie ein japanisches Manga-Mädchen. Ricky wusste nicht genau, warum er sie für gefährlich hielt. Vielleicht weil ihre Schultern ausgeprägt waren wie von regelmäßigem Kampfsport.

»Ich würde die Finger von ihr lassen«, sagte Ricky.

Theo zögerte nur kurz.

»Ich frage sie einfach, ob wir uns kennen.«

»Das ist nicht dein Ernst.«

»Es ist zugegeben nicht besonders kreativ«, sagte Theo, »aber es ist immer noch besser, als verträumt dreinzublicken.«

Die Frau bestellte Kaffee.

»Wichtig ist, dass du vor dem ersten Schritt eine Idee von den Schwächen einer Frau hast«, sagte Theo. »Sie haben immer einen Makel, unter dem sie leiden. Dort kannst du sie packen.«

»Ehrlich gesagt sieht sie nicht aus, als hätte sie einen Makel.«

»Hast du ihre Ohrläppchen gesehen?«

Die fielen Ricky erst jetzt auf. Damit musste ein Mensch tatsächlich erst fertig werden, dachte er. Ihre Ohrläppchen waren beinahe halb so lang wie sein kleiner Finger.

»Wenn ich solche Ohrläppchen hätte, würde ich wenigstens die Haare lang tragen«, sagte Theo.

Die Frau streute etwas Zucker in den Aschenbecher.

»Manche Menschen stellen ihre Schwächen extra zur Schau, statt sie zu verbergen«, sagte Theo. »Als würde das etwas besser machen.«

»Hast du gesehen, dass sie gerade Zucker in den Aschenbecher gestreut hat?«

»Hygienehysteriker tun das wegen dem Staub, der sich im Rohr sammelt. Sie hat also zu lange Ohrläppchen und ist neurotisch. Das macht doch Mut, findest du nicht?«

»Ich weiß nicht.«

Theo stieß sich von der Theke ab wie ein Schwimmer vom Beckenrand. Er schlenderte zu ihr hinüber und nahm neben ihr Platz.

»Kennen wir uns von irgendwo?«, fragte er.

Die Frau in Türkis drehte ihren Kopf langsam in seine Richtung und durchbohrte ihn mit einem Blick aus blitzenden grünen Augen. Ricky wäre nur ungern in Theos Haut gesteckt, daran änderten auch ihre Ohrläppchen nichts. Diese Frau war bemerkenswert. Aber wenn er sie so beobachtete, wollte er gar keine bemerkenswerte Frau mehr. Er wollte nur irgendeine.

Sie musterte Theo von oben bis unten so eingehend, dass er vorübergehend ein paar Zentimeter kleiner zu werden schien. Ihre Stimme klang viel zu tief für ihre schmale Gestalt.

»Ich heiße Ana«, sagte sie. »Ich bin dir vermutlich in deinen Alpträumen begegnet. Ich bin die, die zur Schlange mit zwei Köpfen wird, sobald du die Hand nach ihr ausstreckst.«

Theo lachte entspannt.

»Na siehst du, es geht ja. Ich dachte schon, du wärst ein bisschen auf den Mund gefallen. Allerdings träume ich nie von Schlangen mit zwei Köpfen. Kann es sein, dass du im ›Wake Up‹ am Kaisermühlendamm verkehrst? Ich wohne dort in der Nähe und gehe deshalb manchmal hin.«

Sie ging nicht darauf ein. Nichts an ihrem Gesichtsausdruck änderte sich.

»Träumt dir vielleicht von giftigen Spinnen, die über dir an der Zimmerdecke hängen und dich mit langen klebrigen Fäden fesseln? Daher könntest du mich auch kennen.«

Theo setzte ein väterliches Lächeln auf.

»Falls du dich mit Männern schwertust, bist du bei mir goldrichtig«, sagte er. »Ich kenne mich mit allen möglichen Problemen aus.«

Jetzt gab sie ihre kerzengerade, fast militärisch straffe Haltung auf und stützte sich mit einer geschmeidigen Bewegung auf die Theke.

»Reden wir offen«, sagte sie. »Du willst mit mir vögeln, und ich muss mich entscheiden. Grundsätzlich gibt es schon ein paar Dinge, die ich an dir sympathisch finde. Zum Beispiel pinkelst du garantiert nicht ins Waschbecken. Von der Höhe her würdest du es zwar mit einem Stuhl schaffen, aber von der Länge her kommst du nicht über den Rand. Unter dem Strich ist es trotzdem ein Nein. Aber danke für das Angebot.«

Theo kniff das linke Auge zusammen. Er sah nicht gerade intelligent aus in diesem Moment. Er gab auf und kam zurück. Angela, die wie Ricky gelauscht hatte, lächelte der Frau zu.

»Ich habe dich hier noch nie gesehen«, sagte sie. »Ich heiße Angela.«

»Ich bin Ana.«

Anas Stimme klang jetzt ganz locker.

»Ich bin zufällig vorbeigekommen und fand, dass dein Lokal nett aussieht. Es ist doch deins, oder?«

Angela blieb bei ihr stehen, doch Ricky hörte den beiden nicht mehr weiter zu. All der Stress mit neuen Bekanntschaften, dachte er. Aufriss war anstrengend. Man warf sich auf den Markt, musste glänzen, und überall standen Fallen. Er dachte an Lisa. Ihre Nummer hatte er längst wieder eingespeichert. Mehr blamieren als Theo gerade eben konnte er sich auch nicht, und Theo war trotzdem irgendwie ein Sieger gewesen. Er hatte es wenigstens versucht. Ricky griff zum Telefon. In diesem Moment läutete es. Chris.

»Was ist so dringend?«, fragte er. »Hast du den Wagen zu Schrott gefahren? Ist mir egal. Das machen wir, wenn ich zurück bin.«

Chris klang so klar, als würde er von oben aus seiner Wohnung anrufen. Allerdings hatte er offensichtlich wenig Lust auf Stimmen aus der Heimat. Ricky war vom ersten Moment an sicher, dass Chris nichts wusste. Jemand, der vor Gangstern ins Ausland geflüchtet war und ihnen einen Freund zum Fraß vorgeworfen hatte, hörte sich anders an. Andererseits hatte er wenig Erfahrung mit so etwas, dachte Ricky.

»Mit dem Wagen ist alles in Ordnung. Ich wollte dich nur fragen, ob du irgendwelche Probleme hast.«

Eine Pause trat ein.

»Chris?«

»Probleme? Wie meinst du das? Was für Probleme?«

»Ich dachte, du weißt vielleicht, wovon ich spreche.«

Wieder eine längere Pause.

»Wie spät ist es bei euch?«, sagte Chris. »Du hängst gerade mit Theo im ›Fisch‹ ab, und ihr fragt euch, warum ich es so gut habe und ihr euch dort besaufen müsst, stimmt's? Also meinetwegen, ja. Auch ich habe Probleme. Ich kämpfe in Miami Beach in einem Strandcafé mit meinem gebrochenen Herzen und versuche, mit meiner Einsamkeit fertig zu werden.«

»Einsamkeit? Du?«

»Da sind Fay und Twyla. Sie sind aus Indonesien. Möchtest du mit Ihnen sprechen?«

Ricky hörte eine helle und eine gurrende Frauenstimme. Aus irgendeinem Grund klangen die beiden, als wären sie zehntausend Kilometer weiter entfernt als Chris.

»Hi«, sagten sie.

Chris war wieder dran.

»Dann habe ich noch ein Problem. Ich kann mich im Moment nicht zwischen einem Long Island Iced Tea und einem Graceland entscheiden.«

Ricky wollte noch nicht aufgeben. Eine innere Stimme sagte ihm, dass er bei Chris auf der falschen Fährte war, aber er hatte auch im Umgang mit seiner inneren Stimme wenig Erfahrung.

»Chris«, sagte er. »Ist jemand hinter dir her?«

»Wie? Du meinst außer Fay und Twyla? Sicher. Du glaubst, es liegt an dem, was ich repräsentiere. Klug sein. Erfolg haben. Geld. Aber es war schon immer so. Auch als ich noch Gedichte für Literaturzeitschriften geschrieben und in einem Nachtclub gearbeitet habe, waren sie hinter mir her. Seit einiger Zeit bin ich mir bewusst, dass so etwas ein Privileg ist, und ich bin dankbar dafür. Warum fragst du?«

Ricky gab sich einen Ruck.

»Ich glaube, dass mich jemand verfolgt, seit ich in deinem Wagen unterwegs bin. Es sind Männer, und sie sind nicht schwul.«

»Pass mal auf, Ricky«, sagte Chris. »Dazu habe ich eine Theorie. Dein Leben ändert sich gerade. Das bedeutet Stress. Das führt zu Wahrnehmungsstörungen. Die bringen manchmal paranoide Gedanken mit sich. Entspann dich. Das ist ganz normal. Alles ist gut. Niemand verfolgt dich. Du wirst die Wette gewinnen, und wenn nicht, ist es auch egal. Du hast deine ganze Zukunft noch vor dir.«

»Sagt dir die Zahl 36,8 etwas?«

»Klar. Ich komme mit einem Skript nicht weiter. Ich bin verzweifelt. Ich denke, ich bin krank. Ich messe meine Temperatur, um es mir zu beweisen. Da steht dann immer ›36,8‹. Scheiße, denke ich in solchen Momenten. Weiter.«

Chris war wie immer. Er erklärte das Leben gern, und er redete gern über sich. Am liebsten kombinierte er das eine mit dem anderen.

»Du bringst mich auf eine Idee für einen Krimistoff«, sagte Chris. »Ein Mann fühlt sich verfolgt. Er parkt nur noch mit dem Kühler zur Straße, damit er schneller abhauen kann, und hat zur Sicherheit immer eine Pistole, ein Messer und ein Pfefferspray dabei. Als seine Frau dahinterkommt, schickt sie ihn zur Psychotherapie. Das hilft. Er gibt seine Vorsichtsmaßnahmen auf. Am Ende bringen sie ihn um, weil er mit dem Auto nicht schnell genug aus der Parklücke kommt und unbewaffnet ist. Haha! Willst du wissen, wie sie ihn umbringen?«

»Nein danke.«

Chris lachte.

9

Ricky verdrängte seine Gedanken an die Typen im Vito. Die Sache war ihm zu kompliziert. Wenn es dabei nicht um Chris ging, wusste er nicht weiter. Vermutlich verwechselten sie ihn mit jemand anderem. Dass sie tatsächlich hinter ihm her waren, konnte er ausschließen. So gesehen hatte es auch Vorteile, in keiner Hinsicht besonders zu sein. In seinem Leben gab es keine dunklen Punkte und keine Geheimnisse. Er war niemand, besaß nichts und hatte mit nichts zu tun, was für jemanden wesentlich sein konnte. Da die Typen ziemlich professionell gewirkt hatten, würden sie ihren Irrtum vielleicht bald einsehen. Vielleicht hatten sie ihn sogar schon eingesehen und den Überfall deshalb abgebrochen. Er würde sich später wieder mit dem Problem befassen. Wenn er es lange genug aufschob und nichts mehr passierte, hatte er es auch gelöst.

Lisa rief an. In ihrer Stimme hatte sich etwas geändert. Sie klang offener und ein bisschen verschwörerisch.

»Ich weiß jetzt, warum du mich nach dem Ferrari gefragt hast«, sagte sie. »Du bist gesehen worden.«

»Ach das.«

Wie von selbst hatte er auf einmal für den nächsten Tag, den Dienstag, eine Verabredung zum Mittagessen mit ihr. Sie erzählte ihm im »Rochus« im dritten Bezirk, dass sie seit drei Tagen nicht mehr an ihren Ex gedacht hatte, dass er nachmittags nie mit ihr schlafen wollte, obwohl sie immer dann am meisten Lust dazu gehabt hätte, dass sie eine kosmetische Schamlippenoperation erwog, dass sie eine Delle in ihren Peugeot gemacht hatte und dass ihr Vater deshalb ziemlich sauer sein würde. Der war Hals-Nasen-Ohren-Arzt und steuerte einiges zu ihrem niedrigen Einsteigerinnengehalt als Journalistin bei.

»Ich wusste gar nicht, dass du so ein Autonarr bist«, sagte Lisa.

Ricky zuckte die Schultern. Sie saßen draußen im Gastgarten, an dem der Verkehr der Landstraßer Hauptstraße vorbeizog, und Ricky aß geröstete Knödel mit Ei. Die Sonne schien wieder, am Rochusmarkt, der in Sichtweite lag, herrschte zwischen den wenigen Obst- und Gemüseständen Gedrängel, und Ricky konnte sich gerade nicht vorstellen, dass sein Leben zu irgendeinem Zeitpunkt schwierig gewesen war.

»Was machen eigentlich deine Eltern?«, fragte Lisa.

»Nichts Besonderes.«

»Dein Vater ist in Paraguay, richtig?«

Ricky nickte.

»Der wüsste sicher eine Menge gute Geschichten für uns.«

»Er ist sehr medienscheu.«

»Alles klar.«

Lisa nickte vielsagend.

»Wenn ich mir die Schamlippen habe abschneiden lassen, braten wir sie und essen sie gemeinsam«, sagte sie.

Ricky sah seine Knödel an und schluckte. Vermutlich waren das die Partywitze von Leuten mit teuren Sportwägen, dachte er.

»Du magst wohl keine Sachen, die schon andere Leute im Mund gehabt haben«, sagte Lisa.

Sie lachte schallend über ihr Meeresfrüchterisotto hinweg.

Nachmittag, dachte er. Ihr Ex wollte nie Sex am Nachmittag mit ihr haben. Es war gerade Nachmittag. Zur Sicherheit sah er auf die Uhr. Fast zwei. Wenn sie bezahlt haben würden, würde es endgültig Nachmittag sein. Er wurde ganz nervös. Garantiert würde er es wieder vermasseln.

»Musst du nicht zurück in die Redaktion?«, fragte er.

»Scheiß drauf. Termine. Was machen wir noch?«

Auf der Fahrt zur Westbahnstraße hielt Ricky nach grauen Vitos Ausschau. Lisa, die sich wohlig in den ledernen Beifahrersitz des Ferraris geschmiegt und sich mit einer Geste angeschnallt hatte, als würde sie sich ein teures Collier umlegen, bemerkte es.

»Bist du nervös?«, fragte sie.

Er schüttelte den Kopf. Sie wollte wissen, ob er eine Freundin hatte. Wieder schüttelte er den Kopf. Vitos waren keine zu sehen. Dabei hatte er im Moment überhaupt keine Angst davor, entführt und umgebracht zu werden. Er hatte bloß Angst davor, entführt und umgebracht zu werden, bevor er mit Lisa gevögelt hatte.

»Machen wir das Verdeck auf?«, fragte sie.

Sie fuhren am Stadtpark entlang. Ricky wusste alles über das Verdeck. Diesmal hatte er seine Hausaufgaben gemacht. Er hob die Hand, um die Taste zu drücken, die es öffnen würde. Dann ließ er sie wieder sinken. Nur jetzt nichts mehr riskieren.

»Wir sind gleich da«, sagte er.

Als sie Chris' ordentlich aufgeräumte und blitzblanke Wohnung betraten, erzählte ihm Lisa, dass sie immer einen Putzfimmel entwickle, wenn sie zu wenig Sex hätte, und dass ihre Wohnung leider schon seit einer ganzen Weile ziemlich sauber sei.

»Ist das deine Absteige?«, fragte sie.

»Sie gehört einem Freund.«

Lisa betrachtete die weißen Marmorfliesen im Vorzimmer und den echten Roy Lichtenstein an der Wand.

»Gib zu, dass es deine ist«, sagte sie. »Es ist dir bloß peinlich, weil sie dein Vater bezahlt hat. Ich kenne das.«

Ricky schwieg und ging ins Schlafzimmer, wo er die Vorhänge zuzog. Lisa folgte ihm und setzte sich aufs Bett. Es konnte nichts mehr schiefgehen. Ricky fand es beinahe langweilig. Er hatte es immer gewusst. Es kam auf das Auto an. Mit dem richtigen Auto wurde alles gut. Auf einmal küsste er sie. Er fand das Ereignis merkwürdig unpersönlich. Er hatte nicht gewusst, dass ein Kuss so unpersönlich sein konnte. Lisa sah danach trotzdem verträumt drein. Sie hat gerade einen Ferrari geküsst, dachte er.

»Du bist ganz anders, als ich immer gedacht habe«, sagte Lisa.

Ricky küsste sie noch einmal, vor allem, um nicht hören zu müssen, wie sie bisher über ihn gedacht hatte. Er fragte sich dabei, was er hinterher mit der Bettwäsche machen sollte. Als er die Überdecke zur Seite schob, verkrampfte sich Lisa ein bisschen. Er flüsterte ihr ein paar Worte ins Ohr, die sie zum Lachen brachten. Als seine Hand unter ihren Slip glitt, kämpfte er gegen eine Vorstellung von gebratenen Schamlippen an.

»Ich bin gleich wieder da«, sagte Lisa.

Sie schob seine Hand weg.

»Wo ist hier das Bad?«

Ricky fragte sich, was jetzt noch schiefgehen könnte. Im Bad könnte ein Bild von Chris, seiner Ex Natascha und dem Ferrari hängen. Aber wer hängte schon im Bad Bilder auf. Die Sache war gelaufen. Dass es ausgerechnet Lisa sein würde, darauf hätte er am Samstagabend mit Chris nicht gewettet. Auch nicht darauf, dass es so schnell gehen würde. Danke, Chris, dachte er. Im Vorzimmer sah er einen Schatten.

»Lisa?«, rief er.

Im nächsten Moment starrte er in drei schwarze, runde Löcher. Es handelte sich um die Mündungen von ebenso vielen Gewehren. Aus den Augenwinkeln sah er, wie jemand ein viertes Gewehr unter die Klinke der Badezimmertür stellte. Als er aus dem Bett springen wollte, klickte es rings um ihn metallisch. Hinter den Mündungen sah er im Halbdunkel schemenhaft schwarze Gestalten. Lisa rüttelte von innen an der Badezimmertür.

»Ricky? Was ist los?«

Jemand riss ihn aus dem Bett. Zwei Männer zerrten ihn auf einen von Chris' Designerstühlen. Mit Lederriemen banden sie ihn daran fest. Bloß seine rechte Hand blieb frei. Was immer hier los war, dachte er, es war ein schwerer Fehler gewesen, nicht zur Polizei zu gehen. Wie konnte er nur so dumm und leichtsinnig gewesen sein?

Lisa war außer sich.

»Ricky! Das ist wirklich überhaupt nicht witzig!«

Soweit er wusste, hatte das Badezimmer kein Fenster nach draußen. Sie holte sich wohl gerade ein Trauma. Vermutlich holte er sich selbst auch gerade eins. Denn die vier Kerle stellten sich links und rechts von ihm auf. Sie waren alle schwarz gekleidet, modisch wie für die Disco. Sogar ihre schwarzen Skihauben hatten einen gewissen Chic. Sie wirkten trainiert, aber eher zierlich wie Eistänzer oder Skiflieger. Insgesamt sahen sie für Ricky aus wie Liftjungen, wie Liftjungen für den Fahrstuhl zur Hölle.

Eine fünfte Person trat aus dem Zwielicht der Wohnung. Es

war eine Frau. Sie war größer als die vier Männer, was zum Teil an den mindestens fünfzehn Zentimeter hohen Absätzen ihrer schwarzen Kniestiefel lag. Ihre Haare waren straff nach hinten gekämmt, und sie steckte in etwas, das wie ein Frack aussah. In der Linken hielt sie eine Pistole mit Schalldämpfer. Ihre Augen waren eiskalt, ihre Nase war scharf. Sie musste knapp jenseits der vierzig sein.

»Man nennt mich Nordpol«, sagte sie. »Das hier sind Kattus, Heinz, Gummi und Löwe.«

Lisa hämmerte gegen die Badezimmertür. Sie tobte und schrie.

»Was machst du mit mir?«

»Würde es Ihnen etwas ausmachen, meine Freundin aus dem Badezimmer zu lassen?«, sagte Ricky. »Sie hält mich sonst für pervers.«

Die Frau verzog keine Miene.

»Du wirst heute noch herausfinden, warum man mich Nordpol nennt«, sagte sie. »Da drinnen hat es die Kleine außerdem besser als hier draußen bei dir. Was sollte das Gerubbel in ihrer Hose gerade eben? War das dein Vorspiel? Wie alt bist du eigentlich?«

Kein Geschnarre, dachte Ricky. Keine Stimmverzerrer. Er hielt das für ein schlechtes Zeichen.

»Vierundzwanzig«, sagte Ricky. »Das hier ist weder meine Wohnung, noch ist der blaue Ferrari mein Auto. Ich –«

Sie hörte überhaupt nicht zu.

»Mit vierundzwanzig glaubst du noch immer, dass es einer Frau Spaß macht, wenn du nach ihrer Muschi grapschst und dich dabei fragst, wie du möglichst schnell dein Ding hineinstecken kannst?«, fragte sie. »Schäm dich.«

Ricky rechnete damit, dass Nordpol im nächsten Moment ein Schaubild mit den weiblichen Geschlechtsorganen aufrollen und ihm mit dem Schalldämpfer als Zeigestab die einzelnen Funktionen erklären würde. Doch sie schüttelte nur betrübt den Kopf.

»Männer wie du sind das Unglück der Frauen, und das Unglück der Frauen ist das Unglück der Welt«, sagte sie.

Kattus, Heinz, Gummi und Löwe gaben keinen Mucks von sich.

»Ihr könnt euch das auch gleich hinter die Ohren schreiben«, sagte sie zu ihnen. »Glaubt ihr etwa, dass ihr es besser könnt? Ich kann es euren Frauen ansehen, dass sie sich bisher höchstens selbst glücklich gemacht haben. Wie lange seid ihr verheiratet? Zwei Jahre? Fünf? Irgendwann steht es einer Frau ins Gesicht geschrieben, wenn ihr Mann ein plumper Trottel ist, und ihr kapiert es nicht einmal dann, wenn sie euch zum Teufel schickt. Dann bemitleidet ihr euch selbst und macht die Nächste unglücklich. Es ist zum Heulen.«

Nordpol stolzierte während ihres Vortrags auf und ab. Sie war so groß, dass sie für Rickys Gefühl nicht durch die Tür gepasst hätte, ohne den Kopf einzuziehen. Er fragte sich, was es zu bedeuten hatte, dass seine rechte Hand frei geblieben war. Er hatte noch immer dieses Gefühl, dass das Ganze nichts mit ihm zu tun hatte.

»Ich heiße Ricky Schneider, bin Layouter beim Nachrichtenmagazin Report, verdiene auf Pauschalistenbasis zweitausendeinhundert Euro brutto monatlich und wohne ein Stockwerk tiefer«, sagte er. »Ich bin Single, ich habe –«

Nordpol unterbrach ihn neuerlich.

»Was redest du für eine Scheiße?«

»Ich glaube, dass Sie mich mit jemandem verwechseln.«

Lisa hatte aufgehört, an die Badezimmertür zu hämmern. Sie warf jetzt Flaschen an die Wand. Dabei schrie sie wie am Spieß.

»Wenn das ein perverses Spiel sein soll, habe ich wirklich keine Lust darauf«, schrie sie.

Chris würde Augen machen, wenn er heimkam. Sein Bad total verwüstet und eine Leiche im Schlafzimmer.

Nordpol hielt ihm ein Smartphone hin. Als er mit der freien Hand danach greifen wollte, knackten wieder die Waffenhähne.

»Sieh dir einfach nur das Foto an«, sagte Nordpol.

Das Bild musste erst vor Kurzem aufgenommen worden sein. Nordpol durchbohrte ihn mit einem Blick.

»Bist du das?«

Ricky nickte.

Das Foto zeigte ihn und den Ferrari.

Ein Springmesser klappte vor ihm auf. Ricky bemerkte, dass alle fünf schwarze Handschuhe trugen.

Nordpol funkelte ihn kalt aus den schräg in ihrem Gesicht stehenden Augen an. Manche Leute dachten, dass Gott in Wirklichkeit eine Frau war, überlegte Ricky. Wahrscheinlicher war, dass der Teufel in Wirklichkeit eine Frau war und dass sie ihren Hauptwohnsitz nicht in der Gluthitze des Erdmittelpunktes hatte, sondern irgendwo in der Kälte des ewigen Eises.

»Löwe«, sagte Nordpol. »Wie spät?«

Der Kleinste der vier zuckte zusammen.

»Gleich halb sechs«, sagte er.

»Dann los.«

Löwe schob Chris' Nachtkästchen neben Ricky, während Lisa unflätige Schimpfworte hören ließ. Es war ein Biedermeiermöbel, das in wohltuendem Kontrast zu den übrigen Designerstücken stand. Ein matter Schimmer fiel jetzt durch den abgedunkelten Raum. Die Lichtquelle befand sich hinter Ricky. Er fror. Es war, als hätte der Stahl der Waffen die Temperatur im Schlafzimmer um mehrere Grad gesenkt. Nordpol zeigte auf seine rechte Hand.

»Heinz, Gummi«, sagte sie.

Die beiden packten den ganzen Arm und legten ihn auf das Kästchen. Danach griffen sie sich den Zeigefinger und streckten ihn aus.

»Was ist los?«, fragte Nordpol.

»Kein Zugang«, sagte Kattus hinter Ricky.

»Idiot«, sagte Nordpol. »Tu irgendetwas. Telefoniere.«

Sekunden verstrichen in tiefer Stille. Heinz und Gummi hielten seinen Arm fest, als wären sie Assistenten bei einer Operation. Hinter ihnen schien Kattus eine Verbindung hergestellt zu haben.

»Code ›Mammut‹«, sagte er. »Wir können nicht einsteigen. Wo liegen wir? … Danke. Was? Ach so.«

»Also?«, fragte Nordpol.

»36,5«, sagte Kattus.

Nordpol zeigte auf Gummi. Der hatte auf einmal ein Springmesser in der Hand.

»Hast du irgendwo eine Plastikplane?«, sagte Gummi zu Ricky. »Das sind schöne Möbel hier.«

»Scheiß auf die Möbel«, sagte Nordpol.

»Wartet noch«, sagte Kattus. »Es ist noch nicht halb sechs.«

»Seid ihr völlig übergeschnappt? Ihr wollt eine Stadt regieren, und dann könnt ihr nicht einmal die Uhr lesen? Vollidioten!«

Das Springmesser schwebte über Rickys Zeigefinger. Gummi wandte sich neuerlich an Ricky.

»Plane?«

Ricky brachte kein Wort heraus. Seine Zähne klapperten. Die Hölle war auch nur ein Platz auf Erden, und es hatte dort vermutlich minus achtzig Grad.

»Dann eben nicht«, sagte Gummi.

»Siebzehn Uhr dreißig«, sagte Kattus.

Nordpol fauchte ihn an.

»Ruf an. Muss ich dir alles extra sagen?«

Wieder verstrichen endlose Sekunden in völliger Stille. Kattus' Stimme durchbrach sie.

»Code ›Mammut‹ ... Danke.«

Kattus' Augen waren völlig ausdruckslos.

»Und?«

»36,8«, sagte Kattus.

Binnen Sekunden war der ganze Spuk vorbei. Ricky hatte kaum Zeit, Luft zu holen, da waren seine Fesseln wieder gelöst. Zwei der Kerle warfen ihn aufs Bett. Die Lichtquelle erlosch. Das Nachtkästchen stand auf einmal wieder an seinem alten Platz, und Nordpol beugte sich mit einer katzenhaften Bewegung über ihn.

»Sag der armen Frau im Badezimmer, dass es ein Scherz deiner Freunde war, falls du welche hast. Wenn du die Polizei rufst, töten wir sie.«

Gummi stellte sich neben sie und nickte.

»Die Polizei kann uns nichts tun, aber es geht ums Prinzip«, sagte er.

»Klugscheißer«, sagte Nordpol zu Gummi.

Im nächsten Moment waren die fünf verschwunden. Ricky taumelte zum Fenster und riss die Vorhänge auf. Er sah nur den Himmel des späten Nachmittags und den Efeu, über den das Heupferd in seine Wohnung gelangt war und der bis hier heraufwuchs. Nordpol und ihre schräge Truppe hatten keinerlei Spuren hinterlassen. Es war, als hätten sie sich in einen gasförmigen Zustand versetzt und wären durch die gekippten Fenster hinausgesickert.

Als Ricky die Badezimmertür öffnete, bot sich ihm ein schauerliches Bild. Lisa hockte in einem weißen Bademantel von Chris wie ein großer zerzauster Vogel auf der Kante der Wanne. Der Boden und die Fliesenwände waren voller Glassplitter, die in bunten Hygieneflüssigkeiten klebten. Lisa schoss an ihm vorbei ins Schlafzimmer, raffte ihre Sachen an sich und stürzte zur Tür.

»Lisa«, stammelte Ricky, »ich kann dir alles erklären ...«

Ein Blick von ihr reichte, um ihn verstummen zu lassen.

»Du bist ein Schwein«, sagte sie.

Dabei warf sie den Kopf in den Nacken. Die Geste wirkte wegen ihres völlig zerstörten Äußeren weniger arrogant als hilfesuchend. Sie knallte die Tür hinter sich zu, und wenige Augenblicke später sah er sie vom Wohnzimmerfenster aus unten in ein Taxi springen. Wenigstens hatte er es diesmal nicht selbst vermasselt, dachte er.

Verstört tappte Ricky durch die große Wohnung. Die Sauerei im Bad hatte auch einen Vorteil. Sie war ein Beweis dafür, dass er sich nicht alles nur eingebildet hatte. Er würde aufräumen und alle Fläschchen nachkaufen, nach Möglichkeit in den richtigen Größen. Es würde teuer werden. Chris war offenbar Joop-Fan. Vor allem musste er nachdenken. Er wusste noch nicht, was, aber diesmal musste er etwas tun.

10

Theo betrachtete Rickys Gesicht, als sehe er es zum ersten Mal. Ricky hatte ihm die Schwellungen über dem Auge als Beweis für seine Geschichte präsentiert. Theo hatte zuerst gar nicht richtig zugehört. Irgendwann hatte er »Wie bitte?« gesagt. Ricky hatte noch einmal von vorn anfangen müssen und dabei die ganze Zeit über mit unterdrückter Stimme gesprochen, damit die anderen Gäste des »Fisch« nichts hörten. Nur Felix, der Schäferhund, war Zeuge geworden und irgendwie Ana, das Mädchen mit dem Platinschopf. Ana saß ebenfalls an der Theke. Sie hatte wieder Kaffee bestellt und etwas Zucker in den Aschenbecher gestreut. Sie war außer Hörweite und kümmerte sich nicht um sie. Dennoch wurde Ricky das Gefühl nicht los, dass sie alles mitbekam.

»Was wollten die mit deinem Finger?«, fragte Theo.

»Die wollten ihn eindeutig abschneiden.«

»Wirklich? Wahnsinn! Fünf Gangster, Gewehre, Springmesser, ein Geheimcode und eine schöne Frau im Badezimmer. Das ist wie ›James Bond‹ und ›Stirb langsam‹ zusammen. Wenn das alles stimmt, wirst du vielleicht doch noch ein Siegertyp«, sagte Theo. »Bist du sicher, dass du dir nichts einbildest? Ich meine, Nordpol, Kattus, Gummi, Heinz und Löwe, das gibt es doch alles nicht. Nicht in Wirklichkeit. Lass uns ganz nüchtern überlegen. Du hast keinen Sex, und du trinkst manchmal ein bisschen viel. Hast du Schlafstörungen? Sprichst du manchmal mit dir selbst?«

Angela kam vorbei.

»Alles in Ordnung?«, fragte sie.

»Ich habe beschlossen, lieber keinen Alkohol mehr zu trinken«, sagte Theo.

»Warum?«, fragte Angela.

Theo warf Ricky einen verschwörerischen Blick zu.

»Nur so.«

Angela ging weiter.

»Weißt du, was das Irrste ist?«, sagte Ricky zu Theo. »Das mit dem Ferrari funktioniert wirklich. Ich war verdammt knapp dran bei Lisa. Ich hätte es eigentlich nicht mehr vermasseln können. Irgendwie ist das deprimierend. Da ist einer bereit, sein Herz zu verschenken, und dann macht es ein Auto aus.«

»Damit müssen wir leben.«

Ricky schüttelte betrübt den Kopf.

»Ich glaube, ich lebe in Zukunft lieber keusch. Ich könnte ins Kloster gehen. Dann hätte mein Leben vielleicht wieder Sinn.«

»Diese Gangster sind im Moment dein größeres Problem, schätze ich. Aber Kloster ist auch nicht schlecht. Eine Soutane kommt bei Frauen noch besser an als ein Ferrari. Du kannst ja beides kombinieren. Wenn du in einer Soutane aus dem Spider steigst und dann noch ein paar Vermummte mit Pistolen hinter dir her sind, bist du voll der Hammer.«

»Sie hatten keine Pistolen, sondern Gewehre und Springmesser.«

Angela nahm Theos leeres Glas.

»Eine Cola?«, sagte sie.

»Was? Wieso eine Cola? Noch ein Bier bitte.«

»Ich dachte, du willst lieber keinen Alkohol mehr trinken.«

»Was? Ach so! Nein, noch ein Bier bitte.«

»Warum seht ihr so ernst drein?«

Theo zeigte auf Ricky.

»Was würdest du an seiner Stelle tun?«, fragte er. »Er ist schon ziemlich lange solo, und dann wird es immer schwieriger.«

»Du könntest es im türkischen Bad versuchen«, sagte Angela. »Angeblich lernen sich dort viele Paare kennen.«

»Keine schlechte Idee«, sagte Theo zu Ricky. »In solchen Einrichtungen gibt es allerdings ein Risiko. Normalerweise lernst du eine Frau angezogen kennen und erlebst deine böse Überraschung, wenn sie sich auszieht. Dort ist es genau umgekehrt. Was aber zugegeben das geringere Übel ist.«

Theo wandte sich wieder an Angela.

»Vielleicht sollte er zum Aufwärmen einfach ins Puff gehen«, sagte er.

»Wie die Liebe funktioniert, lernt er dort auch nicht«, sagte Angela.

»Wie die Liebe funktioniert, kann ich ihm erklären«, sagte Theo. »Männer reden immer von Liebe und denken an Sex. Frauen reden immer von Liebe und denken an Geld. Dabei entstehen manchmal Kinder und manchmal nicht. Das ist das Grundprinzip der Evolution.«

Angela ging kopfschüttelnd weiter.

Theo senkte die Stimmer wieder.

»Okay«, sagte er. »Was haben wir? Da wären einmal fünf Namen. Nordpol, Gummi, Kattus, Heinz und Löwe. Eine Frau und vier Männer. Die Frau war eindeutig die Chefin. Klar, dass die Namen Künstlernamen sind. Kein Mensch heißt so. Dann haben wir noch eine Zahl. 36,8. Fällt dir etwas dazu ein?«

Ricky war froh, dass er mit Theo reden konnte. Theo hatte die Gabe, den Dingen den Ernst zu nehmen. Er machte das nicht absichtlich. Es lag einfach an seiner Art.

»36,8 ist die normale menschliche Körpertemperatur«, sagte Ricky.

»Du hast recht.«

»Was kann das bedeuten?«

»So weit sind wir noch nicht. Was haben wir noch?«

»Siebzehn Uhr dreißig«, sagte Ricky. »Beide Überfälle haben genau zum gleichen Zeitpunkt stattgefunden. Das kann kein Zufall sein. Es war beide Male siebzehn Uhr dreißig, und sie haben genau diesen Zeitpunkt abgewartet.«

»Weiter«, sagte Theo. »Was noch?«

»Der Code«, sagte Ricky. »Code ›Mammut‹.«

»Sonst noch etwas?«

»Sie haben davon geredet, dass sie die Stadt regieren.«

»Haben sie?«

»Die Frau, die sich Nordpol nannte, sagte: Ihr wollt eine Stadt regieren, und dann könnt ihr nicht einmal die Uhr lesen?«

»Okay«, sagte Theo. »Die Stadt regieren die Sozialdemokraten, aber natürlich nicht wirklich. Politiker sind immer Hampelmänner mafioser Netzwerke der Macht.«

»Das Ganze muss ein Irrtum gewesen sein«, sagte Ricky.

»Darauf würde ich nicht setzen.«

»Die haben ziemlich professionell gewirkt. Wenn sie sich geirrt haben, merken sie es sicher bald.«

»Darauf würde ich auch nicht setzen.«

Ricky merkte selbst, dass seine Stimme hohl klang. Diese Hoffnung war bereits geplatzt. Theo sprach nur aus, was er dachte. Sie waren hinter ihm her. Daran gab es keinen Zweifel.

Angela näherte sich neuerlich.

»Worauf würdest du nicht setzen?«, fragte sie. »Lass dir nichts einreden, Ricky. Sei einfach du selbst, dann wird es schon klappen. Wenn du eins mit dir bist, bist du unwiderstehlich.«

Ricky mochte Angela. Als er hier eingezogen und die ersten Male ins »Fisch« gekommen war, hätte sich beinahe eine richtige Freundschaft zwischen Angela und ihm entwickelt. Angela hatte ihm erzählt, dass sie den Geruch des Rindenmulchs in den Wiener Grünanlagen mehr liebte als den des echten Waldes und dass sie auch den von dicken Filzschreibern mochte, aber noch nie bloß deshalb daran geschnuppert hatte. Sie hatte ihm erzählt, dass sie gern bügle, aber nicht mehr als ein Stück pro Tag, dass sie es entspannend finde, in einer Dreißigerzone tatsächlich dreißig zu fahren, und dass sie Autos an und für sich für ein schlechtes Konzept halte. Ein Mensch müsse nicht ein paar hundert Kilo Stahl mitnehmen, bloß weil er von einem Punkt zum anderen wolle.

Theo schüttelte den Kopf.

»Wenn du mit einem Ferrari auf Aufriss gehst, musst du nicht eins mit dir sein, sondern eins mit dem Ferrari«, sagte er. »Du musst dafür sorgen, dass deine Klamotten zum Auto passen. Das wollte ich dir schon die ganze Zeit sagen. Du musst ein simples Paket aus dir und dem Auto schnüren.«

»Keine Frau mag Angeber«, sagte Angela.

»Es geht ihnen um die Seele des Mannes, was?«

Theo machte eine wegwerfende Geste.

»Die meisten Frauen machen sich Illusionen über sich selbst«, sagte er. »In Wirklichkeit erkennen sie die Seele eines Mannes weniger in seinen sensiblen Beobachtungen oder intelligenten

Bemerkungen als vielmehr in Markennamen von Hugo Boss über BMW bis Rolex. Wer immer etwas anderes behauptet, ist naiv oder lügt.«

Angela ging zu Ana. Ricky stützte den Kopf in die Hände.

»Soll ich zur Polizei gehen?«, fragte er.

»Schwer zu sagen.«

»Sie sagten, dass sie dann Lisa töten würden. Glaubst du, dass die Ernst machen?«

»Du kannst es jedenfalls nicht ausprobieren. Wir wissen noch zu wenig. Aber so ein schräges Quintett – es ist unmöglich, dass in einer Stadt wie dieser noch niemand etwas von denen gehört hat. Lass mich ein bisschen herumfragen. Irgendetwas kommt sicher dabei heraus. Du kannst dich inzwischen mit Lisa ablenken.«

»Mit Lisa?«

»Klar. Jetzt erst recht. Du stehst doch auf sie.«

Ricky seufzte.

»Ich weiß nicht.«

»Auf irgendjemanden stehst du doch immer.«

Theos Art, ihn aufzuziehen, hatte für Ricky schon immer etwas Tröstliches gehabt.

»Ich frage mich, was die Frau, die ich einmal lieben werde, jetzt gerade tut«, sagte Ricky. »Sie läuft ja wohl schon irgendwo auf dieser Welt herum.«

Theo lächelte.

»Sie lässt es sich wahrscheinlich gerade gründlich besorgen, und zwar von einem Typen, von dem sie noch immer träumen wird, wenn du Langweiler eines Tages auf ihr liegst.«

11

»Was ist mit deinem Gesicht passiert?«

»Ach nichts.«

Lisa begnügte sich mit dieser Antwort. Es war Mittwoch, und sie zeigte über dem Bund ihrer einen Hauch zu engen Donna-Karan-Jeans etwas Haut. Theo hatte recht gehabt. Sie war bereit gewesen, seine Entschuldigung anzunehmen. Es waren ein paar Typen gewesen, die ihm etwas heimzahlen wollten, hatte er gesagt. Er war fassungslos gewesen, dass sie ihm so eine simple Geschichte geglaubt hatte. Andererseits, was hätte sie sonst glauben sollen? Die Wahrheit wäre viel absurder gewesen. Am Ende war sie wieder zu ihm in den Ferrari gestiegen. Er hätte den Wagen lieber in der Parkgarage stehen lassen. Er hegte die vage Hoffnung, dass der ganze Zauber damit wieder beendet wäre. Aber er hatte sich Lisa nun einmal in den Kopf gesetzt. Und es ging nicht nur um Lisa. Wenn er es schaffte, bei ihr zu landen, war der Bann vielleicht gebrochen. Dann wurde er vielleicht wirklich noch ein Siegertyp. Wenn er es sich aussuchen konnte, war er aber lieber ein Siegertyp mit neun Fingern als ein Verlierer mit zehn.

Lisa erzählte ihm, dass ihre Lieblingsspeise Cocktailkirschen waren und dass sie einmal überlegt hatte, ihre Tochter, falls sie einmal eine haben würde, Ovomaltine zu nennen. Dann habe sie herausgefunden, dass »Ovo« von »Ei« komme und »Maltine« von »Malz«, weshalb sie wieder davon abgekommen sei.

Sie saßen im Café des »Motto am Fluss« in der Schiffsstation Wien City in einer der begehrten Logen an der Straßenseite. Dort schwebten sie über dem Donaukanal und dem Schwedenplatz, und sowohl der Kanal als auch der Platz sahen von hier oben fast romantisch aus. Ricky überlegte, ob es aufmerksam oder peinlich wäre, wenn er Lisa einen Teller Cocktailkirschen besorgen würde. Sie erzählte ihm inzwischen, dass sie sich schwertue, einen neuen Freund zu finden, weil sie ganz bestimmte Vorstellungen davon habe, wie er sein müsse.

»Und wie sind diese Vorstellungen?«, fragte Ricky.

»Das ist ja das Problem«, sagte sie. »Ich weiß es nicht.«

Sie sagte das mit einem Augenaufschlag, der Ricky sicher machte, dass es heute endgültig mit ihr klappen würde. Es war so ein ähnliches Gefühl, wie sich richtig zu verlieben.

»Solche Probleme kenne ich«, sagte er.

Er fand in diesem Moment wirklich, dass Lisa und er einiges gemeinsam hatten. Bloß jetzt nicht wieder romantisch werden, dachte er gleich darauf. Hier ging es um ein Ferrari-Experiment und nicht um Liebe. Es ging um einen netten Abend und nicht um Heiraten. Theo hatte recht. Wenn er romantisch wurde, würde er wieder alles vermasseln. Theo hatte immer ein paar lockere Sprüche für solche Fälle parat. Den mit dem lieben Gott zum Beispiel. Hat der liebe Gott die Frauen geschaffen, um die Männer glücklich zu machen, oder die Männer, um die Frauen glücklich zu machen? Er hat beide geschaffen, um sich selbst glücklich zu machen. Sonst hätten sie viel kürzere Arme. Haha!

»He, Ricky, warum siehst du auf einmal so ernst drein?«, fragte Lisa.

Warum sind Männer, die viele Frauen abschleppen, toll, und Frauen, die viele Männer abschleppen, Schlampen? Weil alle einen Schlüssel wollen, der jedes Schloss sperrt, aber niemand ein Schloss will, das sich von jedem Schlüssel sperren lässt. Haha!

Ricky versuchte zu lächeln.

»Fahren wir nachher wieder zu dir?«, fragte Lisa.

Heute hätte es vielleicht sogar ohne Ferrari geklappt, dachte Ricky. Warum nicht ganz hoch pokern? Warum sollte er ihr nicht einfach die Wahrheit über den Ferrari, die Wohnung und seinen Vater sagen, die Wahrheit über sich? Wie wäre es, wenn er sie wortlos mit in seine Dreißig-Quadratmeter-Wohnung nehmen würde? Wie groß wäre sein Sieg, wenn er das schaffen würde? Er wäre mindestens zwei Finger wert.

Theo rief an.

»Es ist gerade etwas ungünstig«, sagte Ricky.

Theo war beharrlich.

»Es ist wichtig«, sagte er.

Ricky entschuldigte sich bei Lisa und ging mit dem Telefon

in der Hand zu einem Tischchen beim Eingang, wo er ungestört reden konnte. Von dem Platz an der Tür aus konnte er das halbe Lokal samt Lisas und seinem Tisch überblicken, ohne selbst gesehen zu werden. Lisa nahm sich gerade eine von den Cherrykirschen, die Ricky inzwischen besorgt hatte, und legte sie wieder zurück.

»Es geht um Mammut«, sagte Theo. »Ich habe etwas gefunden.«

In diesem Moment fiel Ricky der Aschenbecher auf. Er war aus hellem Glas und blitzsauber. Darin lag ein bisschen weißer Kristallzucker. Ricky sah sich um. Die Tische waren schütterer besetzt als sonst, was daran lag, dass die Tür an der Westseite des Lokals weit offen stand und manche Gäste draußen unter den Heiztulpen saßen. Es war ein hübsches Lokal, noch ziemlich neu, mit jungen Kellnern, deren Lächeln zu den adrett geschmückten Tischen passte. Ana sah er nicht. Eine wie Ana sah einer wie er wohl nur, wenn sie das wollte, dachte er.

»Es gibt eine Investmentgesellschaft namens Mammut, und die ist an einer Pharmafirma beteiligt«, sagte Theo. »Hörst du zu?«

Lisa betrachtete eine neue Cherrykirsche in ihrer Hand. Wenn sie die jetzt isst und dabei glücklich dreinsieht, gestehe ich ihr, dass der Ferrari gar nicht mir gehört, dachte er.

»Kannst du es mir noch einmal erklären?«, sagte er zu Theo.

Theo klang schon ein bisschen ungeduldig.

»Eine Investmentgesellschaft ist eine Firma, die aus nichts als Geld besteht. Von diesem Geld kauft sie andere Firmen, damit die ihr Geld vermehren«, sagte er.

Wenn Theo meinte etwas herausgefunden zu haben, bedeutete das nicht unbedingt viel, fand Ricky. Er hatte seinen Hang zur Paranoia schon immer mit detektivischem Talent verwechselt. Die Cherrykirsche befand sich jetzt zwischen Lisas Zähnen, ohne ganz in ihrem Mund zu verschwinden.

»Jetzt kommt's«, sagte Theo. »Diese Investmentgesellschaft namens Mammut besitzt eine Pharmafirma, die fiebersenkende Mittel herstellt.«

Lisa schob die Cherrykirsche mit einem Finger endgültig in ihren Mund. In dem Moment bemerkte sie Rickys Blick und lächelte. Vielleicht war Theo nur ein zynischer Macho, und es gab die Liebe wirklich, dachte Ricky.

»Ich bin gerade mit Lisa unterwegs«, sagte er.

»Wach auf, Ricky!«, sagte Theo. »Du bist in Gefahr, und wir haben eine Spur.«

»Können wir das nicht nachher besprechen?«

»Nachher, wenn du tot bist? Beeil dich bitte.«

Theo klang wieder etwas großzügiger.

»Klappt es jetzt endlich mit Lisa?«

»Ich denke, ich sage ihr das mit dem Ferrari.«

Theo stieß ein Grunzen aus.

»Sagt der junge Fallschirmspringer zu seinem Lehrer: Jetzt bin ich schon so geübt. Können wir es nicht einmal ohne Schirm probieren?«

»Soll das heißen, dass ich ohne Ferrari nichts bin?«

»Wieso hörst du dich auf einmal wie eine weinerliche Memme an? Tu, was du willst, aber tu es schnell. Es zahlt sich nicht aus, für eine gute Nummer zu sterben. Das ist nur so eine Redensart.«

Lisa lächelte, als Ricky zurück zum Tisch kam. Auf einmal war klar, dass sie hier nur noch unnötig Zeit verloren. Im Auto kam es ihm vor, als hätte er ihr den ganzen Abend noch kein einziges Mal richtig in die Augen gesehen. Er würde es an der nächsten Ampel nachholen, als Auftakt für die ganze Wahrheit. Vor dem Volkstheater hatten sie Rot. Ricky wandte ihr das Gesicht zu, doch Lisa sah geradeaus.

»Ich muss dir etwas beichten«, sagte sie. »Ich wollte schon immer einmal einen Typen wie dich kennenlernen. Einen, der nicht von einem schlecht bezahlten Job abhängig ist, nicht weiß, was er will, so langweilig aussieht, dass er jeden Tag beim Zähneputzen vor dem Spiegel einschläft und mit erlogenen Geschichten angibt, die ihm nicht einmal die Vorstadt-Teenies abkaufen. Ich wollte schon immer einen Mann, der –«

»Warte«, unterbrach er sie.

»Was ist los?«

Im Rückspiegel sah er einen Streifenwagen. Zwei Polizisten saßen darin. Er hatte kein gutes Gefühl. Sie beobachteten ihn.

Nur die Ruhe, dachte er. Vielleicht wollten sie bloß einen Ferrari aus nächster Nähe sehen. Wie verhielt er sich in diesem Auto möglichst unauffällig? Das war unmöglich. Wer in einen Ferrari stieg, lieferte sich allen möglichen Dingen aus. Den Parkhäusern zum Beispiel, deren steile Kurven die tief liegende Bodenplatte streiften, der Witterung, weil das Verdeck zu undichten Stellen neigte, den Mechanikern, weil der hochgezüchtete Motor anfällig war, und natürlich dem Neid und der Neugier der Welt. Wer einen Ferrari lenkte, verlor seinen Anspruch auf Anonymität. Er stand vielmehr unter Druck, immer alles richtig zu machen, und er war nun einmal eher der Typ, der immer alles falsch machte. Selbst dann, wenn er nichts tat. Blaulicht zuckte hinter ihnen auf.

»Gilt das uns?«, fragte Lisa.

Ricky musste rechts ranfahren. An der Zweierlinie kurz vor dem Museumsquartier stellte er sich mit zwei Rädern auf den Gehsteig. Der Gehsteig sah aus wie all die anderen Gehsteige, auf denen er nachts schon allein nach Hause getrottet war, wie die Gehsteige der Verlierer, hart, grau und fleckig von halb getrockneten Rinnsalen, von denen man nie wusste, ob sie Ölflecken, Hundepisse, Kotze oder sonst was waren. Ein Beamter trat neben den Ferrari und schnauzte ihn an.

»Ihr Wagen?«

Ricky beugte sich zum Handschuhfach, in dem der Zulassungsschein lag.

Der Beamte drängte.

»Ihr Wagen?«

»Sie wollen sicher die Papiere sehen«, sagte Ricky.

Unbeirrt wiederholte der Polizist seine Frage.

»Ihr Wagen?«

Ricky fiel ein, dass er keine Ahnung hatte, wo das Erste-Hilfe-Paket war.

»Ich habe alles da«, sagte er.

Der Polizist kam ihm vor wie ferngesteuert. Stur wiederholte er immer die gleiche Frage.

»Ihr Wagen?«

»Warten Sie, ich steige aus«, sagte Ricky.

Es ging nicht. Der Beamte stand so knapp an der Tür, dass er sie nicht aufbekam. Seine Stimme wurde jetzt tief und drohend.

»Ihr Wagen?«

Ricky wusste keinen Ausweg mehr. Zuerst würde er auf diese demütigende Art vor Lisa zugeben müssen, dass er das Auto nur geliehen hatte, und dann würde er auf allen vieren nach dem Verbandskasten suchen. Der Beamte würde mit dem Gewicht eines steinernen Monuments dastehen, während Lisa ihre Tasche umklammern und distanziert lächeln würde. Weil die Kontrolle dann doch länger dauern würde, würde sie sich ein Taxi nehmen. Kühlerhaube, Heckklappe und Türen des Ferraris würden offen stehen, und der Wagen würde geschändet aussehen wie ein seziertes Tier. Am Ende würde er allein am Gehsteig hocken, zum trüben Himmelszelt hinaufsehen und mit Tränen in den Augen Gott fragen, warum bei ihm immer alles scheiße lief. Gott würde antworten, was er allen Menschen antwortete, die ihm so eine Frage stellten. Dass er daraus lernen solle. Er würde wieder einmal nicht wissen, was genau er lernen sollte. Genauso kam es auch, nur dass Lisa zu keinem Zeitpunkt lächelte. Nicht einmal distanziert.

Als die Polizisten weg waren, rief Theo an.

»Zahlt dir Chris etwa auch die Spesen?«, fragte er.

»Wie kommst du darauf?«

»Weil du dir so ein teures Spießerrestaurant ausgesucht hast. Habe den Ferrari eben vor dem ›Roten Kamel‹ gesichtet.«

»Das war ich nicht. Wir waren im ›Motto am Fluss‹. Es gibt noch einen zweiten blauen Spider in der Stadt.«

Theo glaubte ihm offenbar nicht.

»Lass dich von der Kleinen nicht einwickeln«, sagte er. »Wenn einer einen Ferrari hat, braucht er sich keine weiteren Tricks zu überlegen. Dann überlegen die sich welche ... Ricky? Warum sagst du nichts?«

»Frag lieber nicht ...«

»Du hast es ihr wirklich erzählt?«

Ricky schwieg.

»Sie hat es von selbst herausgefunden?«

»Genau.«

»Dann ist sie weg?«

»Lass uns über Mammut reden.«

»Scheiß auf Lisa. Es gibt genug Mädchen wie sie.«

»Was ist mit Mammut?«

»Wir haben eine Spur. Mehr nicht.«

»Eine Investmentgesellschaft namens Mammut besitzt ein Pharmaunternehmen, das fiebersenkende Mittel herstellt. Was bedeutet das für mich?«, fragte Ricky.

Er war auf einmal sehr müde.

»Das weiß ich auch noch nicht«, sagte Theo. »Vielleicht haben die Gangster deine Körpertemperatur gemessen, ohne dass du es gemerkt hast.«

»Warum sollten sie das tun?«

»Vielleicht bist du ein medizinischer Sonderfall. Vielleicht testen sie illegal Medikamente an dir und halten dich deshalb unter Beobachtung. Keine Ahnung.«

»Und warum sollten sie mir deshalb den Finger abschneiden?«

»Vielleicht, um ihn in einem Labor zu untersuchen. Wie war das noch einmal? Bei 36,5 wollten sie ihn abschneiden. Dann haben sie noch bis genau siebzehn Uhr dreißig gewartet. Bei 36,8 wollten sie ihn nicht mehr abschneiden.«

Ricky versuchte, sich die Situation noch einmal in Erinnerung zu rufen. Es gelang ihm nicht richtig. Er musste an Lisa denken. Vielleicht würde sein Liebesleben für immer darin bestehen, dass er am Ende allein in seiner frisch aufgeräumten Wohnung saß. Im Grunde hatte er nie geglaubt, dass der Ferrari etwas daran ändern konnte. Sollten sie doch mit ihren Gewehren und Springmessern kommen, diese Arschlöcher.

»Lass uns morgen darüber reden«, sagte er zu Theo. »Ich kann jetzt nicht mehr denken.«

Es war zwei Uhr morgens, als er vor dem »Fisch« ankam. Müde blieb er im Wagen sitzen. Nach einer Weile kam Angela aus dem Lokal. Er sah ihr zu, wie sie mit einem langen Haken die Rollbalken herunterzog. Als sie sich streckte, zeigte sie ihren schlanken Körper. Ricky rutschte im Wagen nach unten. Er fragte sich, warum sie nicht mehr aus sich machte. Gleichzeitig dachte er an den Zucker im Aschenbecher.

12

Am Donnerstag kam Ana am Abend ins »Fisch«, während er auf Theo wartete. Sie kam jetzt regelmäßig dorthin, und immer sahen ihre Kleider wie mit dem Pinsel aufgetragen aus. Sie saß immer am selben Platz am Ende der Theke und trank zuerst Kaffee und dann eine Cola oder Red Bull. Sie tauchte auf, als käme sie von nirgendwo, und ging, als wäre sie gar nicht da gewesen. Ricky dachte an die Spinne, die ihre klebrigen Fäden von der Decke herabließ. Er stellte sich vor, wie sich Ana irgendwo in einer leeren Lagerhalle aus der Dunkelheit materialisierte, eine riesige türkisfarbene Spinne, die erst im Herabfallen von der Decke die Form eines Menschen annahm. Keine angenehme Vorstellung, dass dieses Wesen etwas mit seinem gegenwärtigen Leben zu tun haben könnte, dachte er, trotzdem sprach manches dafür. Der Ferrari, die Gangster – sie passte irgendwie dazu. Als könnte Ana Gedanken lesen, sprach sie ihn an.

»Woran denkst du?«, fragte sie.

Ana lächelte ihn mit ihren Smaragdaugen an. Ricky hatte schon gewusst, dass diese Augen auch lächeln konnten, bloß hatten sie es bisher wenn, dann nur für Angela getan. Er selbst hatte mit Ana noch nie ein Wort gewechselt. Trotzdem verhielt sie sich, als wären sie beinahe schon alte Bekannte.

»An nichts Besonderes«, sagte er.

»Du grübelst«, sagte sie.

»Ich denke über ein paar Dinge nach.«

»Probleme?«

»Vielleicht.«

Ein Hauch von Heiterkeit flog über Anas Gesicht.

»Probleme? Du?«, sagte sie. »Schau dich bitte einmal in der Welt um. Es gibt Erdbeben, Tsunamis, Hochwasser, Atomkatastrophen und Bürgerkriege. Überall sterben Menschen einfach so. Sogar hier in Wien.«

»Hier in Wien?«, fragte Ricky. »Wie meinst du das?«

»Wie schon. Sie werden krank, sie haben einen Autounfall,

oder sie stürzen beim Fensterputzen von der Leiter und brechen sich das Genick.«

»Oder sie werden umgebracht.«

»Genau.«

Ricky schluckte.

Ana sah auf die Uhr.

»Wollen wir ein Eis essen gehen?«

Ricky traute seinen Ohren nicht.

»Zu dieser Jahreszeit isst man doch Eis, oder nicht?«, sagte Ana.

Es klang, als hätte sie es im »Reiseführer Erde« irgendeiner außerirdischen Kultur gelesen.

»Die Eissalons haben schon offen«, sagte Ricky.

»Ich mag Kokos mit Minze«, sagte Ana.

»Kannst du weg von hier?«, fragte Ricky.

Ana lachte.

»Weg hier? Warum sollte ich nicht wegkönnen?«

Ricky betrachtete sie prüfend.

»Ich dachte immer, du wärst aus einem bestimmten Grund hier.«

Ihr Lächeln blieb unverändert.

»Versuchst du, etwas über mich herauszufinden? Das ist süß. Du bist ein netter Junge.«

Ana glitt von ihrem Barhocker. Gemeinsam spazierten sie an der Schottenfeldkirche vorbei und durch die Neubaugasse hinüber zur Mariahilfer Straße, wo es eine Handvoll Eissalons gab. Er konnte mit ihr verkrampft Small Talk machen und sich hinterher über den sinnlosen Ausflug ärgern, dachte Ricky, oder er konnte gleich zur Sache kommen. Er war noch nie gut in Small Talk gewesen.

»Wartest du im ›Fisch‹ auf jemanden?«, fragte er.

Ana lachte.

»Ich sage es dir nicht.«

»Warum nicht?«

»Weil du ein Mensch bist, der Rätsel braucht, um daran seine Phantasie zu entzünden. Du hast ziemlich viel davon, Phantasie meine ich, und die will beschäftigt sein. Habe ich recht?«

Vor dem Theater der Jugend mussten sie einer herausschwappenden Schulklasse ausweichen, auf die schon ein Reisebus wartete. Es war neun Uhr und schon dunkel. Die Läden in der Mariahilfer Straße waren schon geschlossen, weshalb die vielen Imbisslokale in den Vordergrund gerückt waren. Die Mülleimer am Rand des Gehsteigs waren überfüllt, am Boden lagen Flugzettel herum, die tagsüber verteilt worden waren, und die Passanten hatten keine Eile.

»Du bist wegen mir dort«, sagte Ricky.

Ana ging ruhig neben ihm her.

»In Ordnung«, sagte sie. »Wenn du willst, erzähle ich dir etwas über mich. Ich hatte einmal einen Freund. Er war zwar ein kleiner verkorkster Dummkopf mit schmalen Schultern und im Bett eine Null, aber ich habe ihn geliebt. Er hat in meinem Herzen zuerst ein Haus gebaut, dann eine Kirche dazu und schließlich ein ganzes Dorf rundherum. Dann hat er mich verlassen, und aus allem ist eine Geisterstadt geworden. Der Wind weht jetzt durch sie hindurch und treibt Fetzen von Erinnerungen vor sich her. Allmählich ist alles Licht verschwunden, und als es ganz finster war, ist ein neues angegangen, das wie Neonlicht ist, weiß und kalt.«

Ricky sah zu ihr hinüber. Sie lächelte nicht mehr, doch ihre Züge zeigten auch keine Spur von Düsternis. Stolz und aufrecht schritt sie vor sich hin.

»Das ist furchtbar«, sagte Ricky. »Wieso hat er dich verlassen?«

»Eigentlich habe ich ihn rausgeworfen. Aber das ist eine andere Wahrheit.«

Der Eissalon Bortolotti kam in Sicht. Ricky verlangsamte seinen Schritt. Er wollte das Gespräch jetzt nicht unterbrechen.

»Warum erzählst du mir das, obwohl wir uns noch gar nicht kennen?«, fragte er.

Ana blieb stehen und sah ihm in die Augen.

»Damit du weißt, dass ich tun kann, was ich will. Ich habe kein Gewissen mehr. Ich bin frei. Du hast noch ein Gewissen, aber vielleicht hast du es auch noch nicht einmal entdeckt.«

Sie gingen weiter. Das Gedrängel an Bortolottis Eistheke hielt sich im Vergleich zu warmen Sommerabenden noch in Grenzen, dennoch mussten sie sich anstellen. Die anderen Wartenden starrten Ana mit großen Augen an. Ricky wurde einmal mehr bewusst, was für eine ungewöhnliche Erscheinung sie mit ihrem Zopf, dem Anzug und den Rekordohrläppchen war.

»Hast du schon einmal jemanden umgebracht?«, fragte Ricky.

Ana grinste und legte den Finger an die Lippen, ehe sie mit unterdrückter Stimme antwortete.

»So eine Frage stellt man doch nicht in einer Warteschlange«, sagte sie.

Sie nahm Kokos und Minze, er Kaffee und Vanille.

»Hast du oder hast du nicht?«, fragte Ricky.

Sie waren mit je einem Eis schon wieder auf dem Weg zurück ins »Fisch«. Diesmal dauerte es eine Weile, bis Ana antwortete.

»Ich glaube, ich schenke dir auch dieses Rätsel«, sagte sie schließlich.

»Wirst du morgen wieder im ›Fisch‹ sein?«

»Keine Ahnung.«

»Wovon hängt es ab?«

»Rate.«

Er zögerte.

»Von meiner Körpertemperatur«, sagte er schließlich.

»Was?«

Ana lachte schallend.

»Sag du es mir«, sagte Ricky.

»Rate noch einmal«, sagte Ana. »Das macht richtig Spaß.«

»Es hängt von Mammut ab«, sagte Ricky.

Diesmal lachte Ana nicht. Sie sagte auch nichts.

»Ich weiß nicht, was deine Rolle dabei ist, aber das Ganze ist ein furchtbarer Irrtum. Jemand verwechselt mich offenbar mit jemandem. Ich bin völlig harmlos. Ich habe nichts mit irgendetwas zu tun. Ich frage mich seit ein paar Jahren, warum eigentlich nicht, aber es ist so. Sieh mir in die Augen, damit du sehen kannst, dass ich die Wahrheit sage.«

Anas Eis war auf einmal verschwunden. Entweder hatte sie

es aufgegessen oder weggeworfen. Er kam sich mit seinem kindisch vor.

»Du sagst seltsame Dinge«, sagte Ana. »Es klingt, als hättest du Angst.«

Das »Fisch« kam in Sicht. Ricky beeilte sich, mit seinem Eis fertig zu werden. Er war nicht sicher, aber er hatte den Eindruck, dass er sich dabei ein wenig mit brauner Kaffeeeissoße bekleckerte.

»Warum bist du mir ins ›Motto am Fluss‹ gefolgt?«, fragte er.

Ana schwieg.

»Sprich mit mir«, sagte Ricky. »Ich weiß, dass du da warst.«

Ana hielt ihm wortlos ihr Handy hin. Am Display sah er ein Foto.

»Bist du das?«, fragte sie.

Es war das gleiche Foto, das ihm Nordpol gezeigt hatte. Er war darauf zu sehen, wie er in Chris' Ferrari stieg. Die Sonne schien. Das Bild war hell und scharf. Er hatte jetzt mehr Zeit, es anzusehen. Es gab keinen Zweifel. Das auf dem Bild war er. Trotzdem schüttelte er den Kopf. In diesem Moment ging die Tür auf, und ein Paar kam heraus. Die Frau war offenbar verärgert und eilte voraus, der Mann hinterher. Drinnen sah Ricky Theo sitzen. Ihre Blicke trafen sich. Theo gab ihm heftige Zeichen, rasch hereinzukommen. Als sich Ricky nach Ana umsah, war sie verschwunden. Er sah die Westbahnstraße hinauf und hinunter. Spärlicher Verkehr, kein einziger Parkplatz frei und kaum Passanten. An der Kreuzung stand die Straßenbahn und verdeckte seinen Blick auf den blauen Ferrari. Von Ana keine Spur. Er trottete nach drinnen.

»Warum schaust du so verdattert drein?«, fragte Theo.

»Hast du gesehen, wohin sie verschwunden ist?«

»Wer denn?«

»Ana. Ich war gerade ein Eis mit ihr essen, und auf einmal war sie weg.«

Theo lachte.

»Bist du sicher, dass das nicht einfach ein Alptraum war?«

»Es ist nicht besonders entspannend mit einer Frau, die vielleicht als Auftragskillerin auf dich angesetzt ist.«

Theo lachte wieder.

»Ich habe mich über sie erkundigt. Es spricht tatsächlich einiges dafür, dass sie zu Nordpols Truppe gehört. Aber sie ist keine Auftragskillerin, und wenn doch, ist sie nicht auf dich angesetzt. Wenn dich eine professionelle Auftragskillerin beschattet, setzt sie sich nicht zu dir in dein Stammlokal. Sie bleibt unsichtbar.«

»Sie hat es nicht nötig, unsichtbar zu bleiben«, sagte Ricky. »Sie ist stark. Stark genug, um mit offenen Karten zu spielen.«

Theo machte ein ernstes Gesicht.

»Auf jeden Fall ist sie gefährlich«, sagte er.

Davon war Ricky überzeugt. Wie Nordpol war Ana persönlich. Sie wirkte offen. Aber sie schien einen Auftrag zu haben, dem sie mit aller Konsequenz folgen würde. Vielleicht bestand dieser Auftrag nicht darin, ihn zu töten, zumindest jetzt noch nicht. Er hielt es dennoch für möglich, dass ihn ihre Konsequenz am Ende nicht nur einen Finger kosten würde, sondern das Leben.

»Was soll ich tun?«, fragte er Theo.

»Ihren Hochmut ausnützen. Die Schwäche der Profis ist oft ihr Hochmut. Dreh den Spieß einfach um und beschatte sie. Damit rechnet die garantiert nicht. Ich helfe dir.«

Ricky fröstelte bei dem Gedanken, hinter Ana herzuspionieren. Er konnte sich weder vorstellen, dass er gut darin war, noch, dass sie es ihm verzeihen würde. Frauen mochten es nicht, wenn man ihnen nachspionierte, und Ana vermutlich umso weniger.

»Was soll dabei herauskommen?«, fragte er.

Theo winkte Angela. Ricky fand, dass Theo in letzter Zeit mehr trank als sonst. Vielleicht fiel es ihm auch nur stärker auf, weil Theo sein einziger Vertrauter war und er sich jetzt noch mehr als bisher auf ihn verlassen können wollte.

»Das werden wir sehen«, sagte Theo. »Aber wenn die Pharmaindustrie mit drinsteckt, ist alles möglich. Scheiße, Ricky, hast du dir das schon einmal überlegt? Wir reden hier von der Pharmaindustrie. Die haben alles Geld und alle Macht der Welt. Die können nicht nur eine Stadt regieren, wenn sie sich das in den

Kopf setzen. Die können das ganze Land regieren. Wenn die hinter jemandem her sind, dann wissen sie, warum.«

Angela stellte ein neues Bier vor Theo hin.

»Wenn wirklich die Pharmaindustrie dahintersteckt, habe ich wohl keine Chance«, sagte Ricky.

Theo nahm einen tiefen Schluck und wischte sich mit dem Handrücken den Schaum von der Oberlippe.

»Willst du einen Spruch meines Onkels hören?«, sagte er. »Ein Mann, der für seine Sache kämpft, kann mehr ausrichten als alle Macht der Welt.«

»Dein Onkel ist tot«, sagte Ricky.

13

Ricky nahm sein gläsernes Thermometer aus der Plastikhülle und steckte es sich unter den Arm. Eine Weile stand er so neben seinem Bett. Einen Versuch war es wert. Es war Freitagabend, und er war, einer spontanen Eingebung folgend, extra dafür vom »Fisch« heraufgekommen. Er war etwas in Eile. Ana saß unten wieder an ihrem Stammplatz, trank Kaffee und Red Bull und tat so, als hätte ihr Ausflug zum Eissalon niemals stattgefunden. Heute war es so weit. Heute wollten sie ihr folgen. Es war kein besonders guter Tag dafür, weil Theo schon bei seinem vierten Bier war, aber Ricky wollte keine Zeit mehr verlieren. Er war unscheinbar, er hatte kein Profil, und manchmal hatte er das Gefühl, dass Menschen, die er kennenlernte, ihn schon wieder vergaßen, während sie noch mit ihm redeten. Das alles bedeutete aber nicht, dass er ein Weichei war. Jetzt konnte er sich selbst und allen anderen beweisen, dass er keines war.

Er wartete vier Minuten, dann sah er nach. Wenn das Quecksilber jetzt bei achtundzwanzig stand, dann wäre das auch eine Spur, dachte er. Dann war wirklich etwas Besonderes an ihm, das er bisher noch nicht entdeckt hatte. Etwas, das eine Verbindung zur Pharmaindustrie herstellte. Dann hatte sie das Besondere an ihm vielleicht vor ihm entdeckt und benützte ihn als eine Art Laborratte. Er warf einen Blick auf das Thermometer, legte es zurück und ging wieder nach unten.

»Und?«, fragte Theo.

Sein Zungenschlag war während Rickys Abwesenheit noch ein bisschen schwerer geworden.

»36,8«, sagte Ricky.

»Scheiße«, sagte Theo. »Die Frage ist nur, ob gute oder schlechte Scheiße.«

Wenn alles gut ging, würden sie in Kürze wissen, woher Ana kam und wohin sie wieder verschwand. Theo tippte auf ein geheimes Labor. Er hatte eine Theorie über ein dubioses Netzwerk zwischen Politik und Pharmaindustrie, mit Parteispenden von Mammut an die Wiener Sozialdemokraten.

»Ich finde die Wiener Roten gut«, sagte Theo. »Nimm die Alte Donau. Würden die Schwarzen regieren, stünden dort die Villen der Reichen, alles wäre eingezäunt, und wir müssten drei Euro Eintritt zahlen, um auf zwanzig Metern platt gedrückter Wiese liegen und in ein Mobilklo scheißen zu dürfen. So kann dort jeder spazieren gehen und baden, so viel er will. Aber die Roten haben schon zu lange zu viel Macht.«

Ricky wusste jetzt, warum er ständig das Gefühl hatte, dass Ana ihn beobachtete, obwohl sie nie zu ihm herübersah. Er beobachtete sie auf die gleiche Art. Er hatte alle Sinne auf sie gerichtet und bekam jede ihrer Bewegungen mit. Wenn er es eine Weile übte, bekam er auf die Art irgendwann vielleicht auch ihre Gedanken mit. Er vermutete, dass sie es schon eine Weile geübt hatte. Was hatte er eben gedacht? Dass heute vielleicht doch nicht der richtige Tag war, um sie auszuspionieren. Nein, er würde jetzt nicht schlappmachen. Er war kein Weichei. Möglichst unauffällig betrachtete er Anas Ohrläppchen. Er fand sie etwas kleiner, als er sie in Erinnerung gehabt hatte, doch es bestand kein Zweifel, dass sie im Vergleich zu normalen Ohrläppchen gigantisch waren. Bei ruckartigen Bewegungen ihres Kopfes schlenkerten sie sogar ein wenig.

Angela machte eine hämische Bemerkung über seinen Aufzug. Er hatte gefunden, dass das Leben weitergehen musste, und sich auf Theos Rat hin neue Klamotten gekauft. Er war dafür extra ins Designer-Outlet Parndorf am Neusiedler See gefahren. Er fand, dass er in seiner Lederjacke, dem feinen weißen Hemd, den Nietenjeans und den etwas zu spitzen Schuhen jetzt auch ohne Ferrari ein bisschen nach Ferrari aussah. Felix schien allerdings nicht dieser Meinung zu sein. Während er sich sonst wedelnd an ihn schmiegte, hatte er ihn heute nur kurz beschnuppert und sich dann grunzend in seine Ecke verzogen.

Gegen elf Uhr nachts glitt Ana vom Barhocker. Angela räumte ihr Glas ab. Ricky wollte Theo anstoßen und »Es geht los« flüstern. Doch Theo war gerade am Klo. Ricky zögerte nicht. Er hatte schon oft genug die Erfahrung gemacht, dass Ana verschwinden konnte wie ein Hologramm, das von der Stromzufuhr getrennt wurde. Auf Theo konnte er heute sowieso nicht mehr bauen.

Als er auf die Straße hinaustrat, war Ana auch diesmal spurlos verschwunden. Er zwang sich, nachzudenken. Das hier war keine Phantasiewelt, sondern Realität mit hartem Asphalt, Straßenbahnschienen, Häuserzeilen und Straßenlampen, die in den Seilen über der Gasse hingen. In dieser Welt konnten Menschen nicht spurlos verschwinden. Sie konnten sehr schnell und sehr geschickt sein, sie konnten in Hauseingänge treten, um Ecken biegen oder sich an Orte begeben, an denen sie niemand vermuten würde, aber sie konnten sich nicht in Luft auflösen.

Er sah sich um. Er sah in Richtung Innenstadt, wo die Westbahnstraße in einer lang gezogenen Linkskurve verschwand, um dahinter zur Siebensterngasse zu werden. Kein aufragender Haarschweif, keine Umrisse mit Ameisentaille. Stadtauswärts, in Richtung Gürtel, stand an der Kreuzung zur Kaiserstraße wieder eine Straßenbahn. Es war eine von den alten roten mit Waggon und Stufen hinter der Tür. Das war eine Möglichkeit. Vielleicht hatte sie es in die Straßenbahn geschafft. Er hätte losrennen können. Es wäre sich ausgegangen. Zwischen hier und der nächsten Station am Urban-Loritz-Platz lagen zwei Kreuzungen und eine Kurve. Aber sobald er eingestiegen wäre, wären sie sich gegenübergestanden, und damit wäre sein Plan vereitelt gewesen. Also sprang er in den Ferrari und erschrak selbst über das Aufbrüllen des Motors in der nächtlichen Stille, als er etwas ungestüm aufs Gaspedal trat. Dieses Fahrzeug war die schlechteste aller Möglichkeiten bei einer Beschattung. Eine andere Möglichkeit fiel ihm aber jetzt nicht ein. Manchmal kam es einfach nur darauf an, etwas zu tun. Dann konnte man Glück oder Pech haben, und das hing nicht unbedingt davon ab, ob man einem guten oder einem weniger guten Plan folgte. Er ließ es darauf ankommen und stieg aufs Gas.

Er hielt immer so viel Abstand zur Straßenbahn, dass er an den Haltestellen gerade noch die ein- und aussteigenden Fahrgäste sehen konnte. Bei der Wiener Stadthalle deuteten ein paar Halbstarke johlend auf den Wagen und taten so, als würden sie

Steine auf ihn werfen. Er zeigte ihnen den Mittelfinger, was er früher nie getan hätte. In einem Wagen wie diesem war das kein Problem. Ein Tritt aufs Gas, und schon lag wieder eine ganze Welt hinter ihm.

Ab der Station Johnstraße folgte er der rumpelnden Garnitur mit noch größerem Sicherheitsabstand. Der Motor blubberte lauernd, doch er selbst wurde unaufmerksam. An den nächsten Haltestellen stieg kaum noch jemand aus und niemand mehr zu. Die Straßenbahn sah bereits leer aus. Es war ein Versuch gewesen, dachte er. Immerhin, er hatte zu handeln begonnen. Er blinkte, um zu wenden und heimzufahren.

Da sah er sie. Als die Schlusslichter des Waggons schon im matten Geleuchte der Vorstadt verschwanden, überquerte Ana seelenruhig die Straße. Ihre schmale, hohe Gestalt verschwand in einem Häuserblock. Von seiner Position aus sah es aus, als würde sie einfach durch eine Hauswand treten. Tatsächlich öffnete sich dort im Schatten eine breite Einfahrt. Als er etwas weiterrollte, bemerkte er, dass die Einfahrt mit einem Schranken abgesperrt war. Dahinter lag eine Art Privatstraße. Er wusste nicht genau, ob die flachen dunklen Gebäude entlang dieser Straße Werkshallen oder Wohnblocks waren. Das spielte im Moment auch keine Rolle. Vor allem musste er sich beeilen. Er konnte Ana nicht mehr sehen.

Er stellte den Wagen vor den Schranken und stieg aus. Es war dunkel und still. Er merkte, wie vertraut ihm das Auto inzwischen geworden war. Flach lag es neben ihm auf der Straße wie ein kampfbereites metallenes Tier. Jetzt entdeckte er auch Ana wieder. Weiter vorn wich sie einem weggeworfenen Ölkanister aus.

Ricky blieb im Nachtschatten der verlassen wirkenden Gebäude. Treppen mit zerfallenden Simsen führten zu hölzernen Türen hinauf. Das ideale Areal für ein geheimes Labor, dachte er. Zwischen den einzelnen Blöcken wucherten Flieder- und Ligustersträucher. Eine Wäschespindel lehnte an einer Hauswand, und an einem Laternenmast hingen ein paar verrostete Fahrräder.

Er durchquerte kahle, mit niedrigen Durchfahrten verbundene Innenhöfe. Im dritten Hof war Ana endgültig weg. Vielleicht war er in eine Falle getappt. Er sah sich mit pochendem Herzen um. Nur die Ruhe jetzt, dachte er. Er hätte den Wagen besser gleich in Fluchtrichtung geparkt. Dann hätte er schneller abhauen können. So wie der Typ aus Chris' Geschichte, den sie dann umgebracht hatten.

Unmittelbar neben ihm drang in diesem Moment eine Stimme aus der Dunkelheit. Sie ließ ihn erstarren, obwohl er sie sofort erkannte. Es war Anas Stimme. Sie klang nur anders als am Vortag beim Eisessen. Tiefer. Rollender. Sie klang mehr nach Abgrund und Tod. Sie erinnerte ihn an die Geisterstadt in ihrem Herzen.

»Du bist lustig«, sagte Ana.

Rickys Handy läutete. Auch das noch. Es war Theo. Er wies das Gespräch ab. Ana trat aus einer stockdunklen Nische. Sie blieb so weit von ihm entfernt stehen, dass ihre Umrisse im düsteren Licht flimmerten, wenn er sie genau ins Auge fassen wollte. Erst als er nicht antwortete, trat sie etwas näher an ihn heran. In ihrer Stimme lag jetzt ein Gurren.

»Was willst du hier?«, fragte sie.

»Das weiß ich nicht«, sagte er.

»Das weißt du nicht? Egal. Wenn du schon mal hier bist, können wir auch ein Stück miteinander gehen.«

Es war eindeutig eine Falle. Das war klar. Sie hatte im »Fisch« seine Gedanken gelesen und ihn hierhergelockt. Wegrennen konnte er nicht mehr. Ana wirkte ruhig und konzentriert. Ihre schmale, hohe Gestalt hob sich vor dem blau marmorierten Nachthimmel ab, unwirklich, als wäre sie zumindest zur Hälfte von dort oben. Nebeneinander gingen sie von Hof zu Hof. Obwohl sie immer geradeaus gingen, hatte Ricky nach einer Weile das Gefühl, dass er nie wieder zurückfinden würde. Da bemerkte er, dass Anas Augen geschlossen waren, während sie gleichmäßig Schritt vor Schritt setzte.

»Ich habe eine blinde Freundin, und manchmal probiere ich aus, wie es ist«, sagte sie.

Anscheinend registrierte sie wirklich seine Gedanken.

»Und wie ist es?«

»Anfangs habe ich nach zehn Schritten Angst bekommen«, sagte sie. »Wenn du es weitertreibst, wird die Angst immer ärger. Du musst lernen, ihr ruhig zu begegnen, dann spricht sie mit dir. Dann sagt dir deine Angst, wo Hausmauern, Straßenlaternen, Autos und Passanten sind. Wenn du sie zu deiner Freundin machst, sagt sie dir noch alle möglichen anderen Dinge.«

»Wohin gehen wir?«, fragte Ricky.

Ana zeigte schweigend nach vorn.

Hinter dem vierten Durchgang kam ein großes Holztor in Sicht. Es sah verriegelt aus, verriegelt auf eine Art, als hätte es schon seit Jahrzehnten niemand mehr geöffnet. Sie waren am Ende einer Sackgasse angelangt. Ana blieb stehen und lauschte. Ricky wusste, dass gleich etwas passieren würde.

»Da kommt jemand«, sagte Ana.

Ricky blickte in die Richtung, aus der sie gekommen waren. Weit entfernt sah er Scheinwerfer. Er war nicht sicher, ob sich das dazugehörige Auto bewegte oder stillstand. Er hatte eher den Eindruck, dass es stand. Als er sich wieder umdrehte, war Ana weg. Es gab hier kein offenes Fenster, keine angelehnte Tür, keinen Einstieg. Aber derlei brauchte Ana wohl auch nicht, um zu verschwinden. Eine Frau, die sich ihre Angst zur Freundin gemacht hatte, war vermutlich zu allem fähig. Er wandte sich um und stapfte auf die Scheinwerfer zu.

Vielleicht befand er sich schon im Visier eines Scharfschützen, dachte er, und dass er mit dem Handy Hilfe holen könnte. Aber noch immer war das Ganze wie ein Spiel, bei dem er die Regeln und den Einsatz erst herausfinden musste. Schließlich waren sie in Wien.

Hier waren Politiker, die Justiz, die Polizei und die Medien korrupt, und die Mächtigen schoben sich gegenseitig Posten und Aufträge zu, aber dabei wurde niemand verstümmelt oder umgebracht. Wenn sich Mitglieder rivalisierender Drogen- oder Menschenschmugglerbanden gegenseitig abstachen, dann handelte es sich nicht um Wiener Organisationen, sondern welche aus dem Osten oder Südosten, die sich hier in die Haare gerieten. Auf keinen Fall gab es in Wien Krieger außerirdischer Ohrläppchenvölker, die in dunklen Gassen harmlosen Bürgern in den Kopf schossen. Und wenn doch? Wenn er im nächsten Moment tot zusammenbrechen würde?

Ricky fragte sich, was in diesem Fall wirklich groß in seinem Leben gewesen wäre. Es fiel ihm nichts ein. Die richtig guten Dinge, dachte er, würden noch kommen. An diesen Gedanken klammerte er sich, während er immer weiterging, direkt auf das Licht der Scheinwerfer zu.

Der Wagen, zu dem sie gehörten, stand eindeutig still. Er stand hinter dem Schranken. Der Motor lief. Sein Krächzen und Singen war unverkennbar. Dieses Werk hatten die Klangingenieure dieser Welt nur bei einem einzigen Auto zustande gebracht. Ricky griff in die Hosentasche. Den Schlüssel hatte er bei sich. Jemand hatte den Ferrari geknackt. Wenn sie ihn umbringen wollten, hätten sie es schon getan. Im Scheinwerferlicht gab er ein perfektes Ziel ab.

Als Nächstes stellte er fest, dass beide Türen des Ferraris offen standen, ebenso die Kühlerhaube und die Heckklappe. Der Wagen sah aus wie ein großer Vogel, der sein Gefieder spreizte. Als er die Lichtbarriere durchquerte, wartete er noch einmal auf den Schuss, aber er fiel nicht.

Niemand war beim Auto. Er legte eine Hand aufs Dach und beugte sich ins Cockpit. Ein Schlüssel steckte im Zündschloss. Wer konnte einen zweiten Schlüssel haben? Wer außer Chris, der vermutlich gerade irgendwo in Miami Beach seine Beine in die Sonne streckte? Dieser Jemand wollte ihm offenbar etwas sagen. Dass er sich besorgen und tun konnte, was er wollte. Dass er es war, der die Stadt regierte.

Ricky schloss die Kühlerhaube, die Heckklappe und die Beifahrertür und stieg ein. Erst jetzt bemerkte er den Zettel am Lenkrad. Er war weiß, ein wenig zerknittert und steckte zweimal gefaltet unter dem Hebel für den Rückwärtsgang. Mit angehaltenem Atem nahm er ihn herunter. Eine Frau schrie ihn aus einem Fenster im zweiten Stock an.

»Ist das die Möglichkeit? Wenn Sie nicht sofort diesen Lärm abstellen, rufe ich die Polizei.«

Sachte trat Ricky aufs Gaspedal. Der zusätzliche Lärm reichte wohl trotzdem, um noch ein paar weitere Anrainer aus dem Schlaf zu reißen. Er blinkte rechts und hielt an der nächsten Kreuzung, obwohl es nicht nötig gewesen wäre. Die Ampel war schon abgeschaltet. Er streifte den Zettel auf seinem Oberschenkel glatt und las die mit krakeliger Schrift darauf geschriebenen Worte:

Erfülle die Vereinbarung. Wir sind immer überall.

14

Erster Gang, zweiter, dritter, dann war er schon so schnell, dass es ihm vorkam, als würde der Opel vor ihm im Rückwärtsgang auf ihn zuschießen. Es war Freitag, sein sechster Tag mit dem Ferrari, er wollte vor allem davonfahren, und er hatte das Gefühl, dass er es schaffen könnte. Er raste die Höhenstraße hinauf, mit nur zwei Fingern am Lenkrad, als gebe es keine Fliehkräfte. Wenn du jetzt niesen musst, dann lass besser die Augen dabei offen, dachte er. Dabei konzentrierte er sich auf die Bodenunebenheiten. Er wollte nicht abheben und über die Leitplanke und die Weingärten hinweg zur Stadt und zum glänzenden Band der Donau hinuntersegeln.

Vor ihm tauchte ein Lieferwagen auf. Es war ein weißer Ford Transit. Ricky heftete sich an das Heck des langsamen Wagens. Zwei steile Kurven und Gegenverkehr. Der Motor des Ferraris kreischte ungeduldig. Ricky wartete auf eine Chance zu überholen, da war er schon an dem Hindernis vorbei. Es war, als würde der Ferrari ganz von selbst handeln. Hinter ihm verschwand der Lieferwagen wie eine Schimäre, die im Schatten der Buchen versickert war. Zwei, drei Kurven weiter stand er schon wieder an. Wieder ein Lieferwagen. Wieder ein Ford Transit. Er fragte sich, was die Leute hier draußen zu liefern hatten, und wollte vorbei. Doch jetzt kam ihnen ein Baufahrzeug entgegen, das eine ganze Kolonne hinter sich herschleppte. Der Transit hinter ihm war keine Schimäre gewesen und nicht im Schatten der Bäume versickert. Er holte wieder auf. Am Ende der Kolonne wollte Ricky an seinem Vordermann vorbei, aber es ging nicht. Der Wagen schlenkerte nach links, dann waren die Kurven wieder zu unübersichtlich.

Hinter der Windschutzscheibe des Lieferwagens im Rückspiegel konnte er keine Gesichter sehen. Sie war dunkel. Es sah aus, als würde das Auto durch den Schatten fahren, während der Rest der Welt in der Sonne lag. Abrupt bog er in einen Aussichtsparkplatz ab. Er bremste hinter einer Hainbuchenhecke scharf ab und sah die beiden Transits gerade noch um die nächste Kurve verschwinden.

Von hier aus fiel der Blick weit über die Stadt mit dem schwarz und klotzig aus ihrer Mitte ragenden Allgemeinen Krankenhaus. Er war nicht allein hier. Ein silberner Mercedes-Roadster mit italienischem Kennzeichen stand auf der anderen Seite des Parkplatzes. Auf einer Bank unterhielt sich ein Paar über Eiscreme. Die Frau saß auf der Bank und sah aus wie Miss Jugoslawien von 1993, groß, mager, rotbraun gefärbt und etwas zu tief gebräunt. Der Mann stand vor ihr. Er schob eine Sonnenbrille aus seinen öligen schwarzen Locken auf seine Nase.

»Wenn du willst wirklich gute Eis, musst du kommen zu mir in Wohnung, und ich serviere dir in Bett«, verkündete er gerade.

Ricky behielt die Straße im Auge und beobachtete gleichzeitig den Italiener und seine Begleiterin. Er hatte das Gefühl, gerade tief in die Welt der Sportwagenfahrer vorgedrungen zu sein. In jene Welt, in der das Auto das Charisma ersetzte und die Spritztour das Vorspiel.

Der Italiener tanzte jetzt. Er ließ seine Hüften kreisen, die in schwarzen Designerjeans steckten. Dabei hob er seine Rechte mit der schweren Uhr am Handgelenk über den Kopf. Die Frau lachte. Ihn bemerkten sie gar nicht. Trotz des Ferraris.

Die Lieferwagen kamen nicht zurück. Ricky wendete und fuhr zum »Fisch«. Theo war noch nicht da. Er rief ihn an.

»Ich habe das Gefühl, dass ich trotz des Ferraris Luft für die Welt bin«, sagte Ricky.

»Finde ich nicht«, sagte Theo.

Er kam in diesem Moment mit dem Handy am Ohr zur Tür herein, grinste, legte auf und setzte sich zu ihm.

»Immerhin hast du es geschafft, dass ein paar Gangster hinter dir her sind«, sagte Theo.

»Du weißt, was ich meine.«

»Du meinst deine Wette.«

»Zum Beispiel die.«

»Da denkst du einfach zu kompliziert«, sagte Theo, »und du weißt nicht genau, was du willst. Du musst wissen, ob du eine Beziehung suchst oder ob du schnell mal vögeln willst.«

Theo sah sich nach einem Salzstreuer für sein Käsebrot um, das ihm Angela gebracht hatte. Schließlich beugte er sich über die Theke und nahm sich einen. Es war sein traditionelles Nachmittagsfrühstück im »Fisch«. Er hatte Nachtdienst gehabt.

Ricky sah ihn ernst an.

»Soll ich ehrlich sein?«

Theo wedelte abwehrend mit der Hand.

»Lieber nicht.«

»Ich suche eine Frau, in die ich mich so sehr verliebe, dass ich nicht einmal mehr essen möchte.«

»Ein bisschen Abspecken könnte dir tatsächlich guttun.«

»Eine Frau, mit der ich für immer zusammenbleiben kann«, sagte Ricky.

Theo schüttelte ärgerlich den Kopf.

»Was heißt schon ›für immer‹? So lange, bis du sie nicht mehr haben willst? Oder darüber hinaus? So lange, bis es dir gar nicht mehr auffällt, wenn sie eines Tages weg ist? Oder darüber hinaus? So lange, bis es dir angenehm auffällt? Oder darüber hinaus? Glaub mir, was du wirklich willst, ist vögeln, und bloß weil du schüchtern bist, denkst du dabei gleich an Liebe. Warum machst du es nicht zum Aufwärmen mit Angela? Ihr mögt euch doch.«

»Spinnst du?«

Drei Mädchen kamen herein. Sie sahen aus, als wären sie mit lauter Einsern im Zeugnis und einem Extralob für Betragen eben erst aus dem Mädchenpensionat entlassen worden. Blusen, Röcke, feste Schuhe.

»Was tun wir in der anderen Scheiße?«, sagte Theo.

Ricky wusste es nicht. Er hatte alle Fakten immer wieder durchgekaut. Code »Mammut«. Nordpol, Gummi, Kattus, Heinz und Löwe waren hinter ihm her, und Ana beobachtete ihn. Sie waren offenbar gut ausgebildete professionelle Kriminelle, die wahrscheinlich mit einer Unterweltorganisation, der Politik oder der Pharmaindustrie in Verbindung standen. Er sollte eine Vereinbarung erfüllen, hatte aber keine Ahnung, was für eine Vereinbarung das war. Erfüllte er sie nicht, hing seine körperliche Unversehrtheit offenbar von einer Zahl ab, die um jeweils siebzehn Uhr dreißig im Internet abrufbar war. Hineingeraten war er in das Ganze durch Chris' blauen Ferrari Spider 360. Und weiter? Er hatte keine Ahnung, und Theo hatte schon gar keine.

Theo deutete mit dem Kopf zu dem Tisch mit den Mädchen.

»Die Mittlere kenne ich von irgendwo«, sagte er. »Im Ernst. Kein Trick. Ich glaube, sie hat irgendetwas mit Zahnärzten zu tun.«

Ricky betrachtete Theos vermeintliche Bekannte. Dunkelviolette Bluse, grauer Faltenrock. Aus ihren schwarzen Schuhen ragten grobe Socken und stramme Waden.

»Stille Wasser sind tief«, sagte Theo. »Solche sind in Wahrheit besser als die exaltierten Platinblonden, die im Ernstfall zickig werden oder unter der Decke im letzten Moment noch schnell einen auf romantisch machen wollen.«

Ricky bemerkte, dass Ana da war. Er hatte sie nicht hereinkommen sehen. Durch ihre gespenstische Art, aufzutauchen und zu verschwinden, fühlte er sich ihr ausgeliefert.

»Die Tochter von meinem Zahnarzt in Kaisermühlen ist sie nicht«, sagte Theo. »Die sieht anders aus.«

Oskar kam herein. Angela trat ihm entgegen.

»Du hast Lokalverbot«, sagte sie. »Das weißt du.«

Oskar entdeckte Ana. Sein Gesicht hellte sich auf. Mit ausgebreiteten Armen ging er auf sie zu. Es sah so echt aus, dass Ricky einen Moment dachte, die beiden würden sich wirklich kennen. Anas rechtes Auge zuckte nervös, als sie ihn kommen sah. Das Lid flatterte. Vier Sekunden und zwei tierische Schreie später lag Oskar am Boden, mit dem messerscharfen Absatz von Anas rechtem Schuh an der Halsschlagader. Alle im Lokal erstarrten. Die Musik war plötzlich viel zu laut. Die Spannung löste sich erst, als Theo applaudierte.

»Toll gemacht«, sagte er zu Ana, »und wie du davor gezwinkert hast, das musst du mir beibringen.«

»Das war kein Zwinkern«, sagte Ana ruhig.

Oskar wand sich unter ihr.

»Mein Auge zuckt immer, bevor ich jemanden töte«, sagte Ana.

»Ein bisschen lebt er ja zum Glück noch«, sagte Theo.
»Nur weil er im Grunde ein armes Schwein ist«, sagte Ana.
Sie ließ ihr Opfer frei.
Oskar flüchtete panisch zur Tür.
»Ich verbiete dir, das jemals wieder zu machen«, schrie ihm Ana nach. »Und außerdem verbiete ich dir, heute Abend beim Wichsen an mich zu denken.«
»Du hast Lokalverbot«, schrie Angela.
Ana nahm an der Theke Platz, als wäre nichts gewesen. Die drei Mädchen starrten sie hinter je einem großen Glas Soda-Himbeer mit extra viel Sirup an. Theo stieß Ricky an, der mit offenem Mund dasaß.
»Ich bin nicht sicher, aber vielleicht habe ich schon etwas über Ana«, sagte er. »Ich habe einem Bekannten von ihr erzählt. Er meinte, dass er sie aus dem ›Orpheus‹ kennt.«
Das »Orpheus« war ein Nobelpuff mit Spielkasino unten an der Donau. Das »Orpheus« und sein Chef Werner Pandi kamen im Report immer wieder vor, weshalb Ricky das Etablissement von Außen- und Innenaufnahmen kannte. Es bestand aus zwei Gebäuden, die unmittelbar nebeneinanderlagen und durch eine gläserne Brücke verbunden waren. Von Pandi selbst gab es keine Bilder. Als einmal ein unscharfes im Internet aufgetaucht war, hatte er es, offenbar mit viel Geld und Mühe, umgehend wieder verschwinden lassen. Die männliche Hälfte der oberen Zehntausend Wiens verkehrte bei Pandi im »Orpheus«, und auch immer mehr Frauen kamen nicht nur ins Kasino mit. Werner Pandi hatte es geschafft, seinen Vergnügungstempel gesellschaftsfähig zu machen. Es ging das Gerücht, dass im »Orpheus« mehr politische Entscheidungen fielen als im Bundeskanzleramt oder im Parlament und dass dort Dutzende wirklich große Geschäfte ihren Ursprung hatten. Der völlig sinnlose Kauf der Eurofighter für die österreichische Luftwaffe zum Beispiel oder der Verkauf der Austria Tabakwerke um einen Pappenstil an ausländische Investoren. Pandi bot nicht nur das Forum für solche Ränkespiele. Ihm wurde viel persönliche Macht zugeschrieben. Angeblich taten die Granden der Stadt alles dafür, von dem untersetzten, dicklichen Mann mit dem breiten Kinn auf eins sei-

ner Mädchen eingeladen zu werden. Nicht weil sie sich dadurch Geld sparten, sondern weil es sich dann wie echte Liebe anfühlte.

»Dann wäre Ana eine Hure?«, sagte Ricky. »Das glaube ich nicht. So sehen Huren nicht aus. Und so kämpfen sie vor allem nicht.«

Theo sah ihn wissend an.

»Im ›Orpheus‹ arbeiten viele Frauen aus dem Osten, die früher die tollsten Berufe hatten«, sagte Theo. »Juristinnen, Schauspielerinnen, Profisportlerinnen. Vielleicht sind ja auch ehemalige KGB-Killerinnen dabei.«

»So alt ist sie nicht.«

»War nicht ernst gemeint«, sagte Theo. »Das ›Orpheus‹ ist ein Riesenladen. Dort arbeiten nicht nur Huren. Es gibt dort bestimmt auch Sicherheitsleute, Croupiers, Kellnerinnen, und irgendjemand muss den Betrieb auch managen. Und weißt du was? Die denken garantiert, dass sie es sind, die in Wirklichkeit die Stadt regieren. Angeblich können die sogar Leute umbringen, ohne dass die Polizei einen Finger rührt.«

»Das sind Mythen«, sagte Ricky.

»Schon, aber was, wenn sich die Wahrheit einfach nur als Mythos tarnt? Ich finde, dass alles gut zusammenpasst. Wenn Werner Pandi und seine Unterweltbrigaden hinter allem stecken, ergibt die Sache auf einmal Sinn.«

Ricky war sich dessen nicht ganz sicher. Beim Report gab es einen jungen Redakteur, der die Dinge auch so sah wie Theo, aber immer wenn er in einem Artikel auch nur Andeutungen machte, klagte Pandi gegen das Blatt und gewann. Mammut, Nordpol, Ana, »Orpheus«, dachte Ricky. Vielleicht hatte Theo recht. Ohne hinzusehen, stellte Ricky fest, dass Ana verschwunden war.

»Gefällt dir die Kleine inzwischen?«, fragte Theo.

Ricky bemerkte, dass sein Blick auf dem Mädchen mit dem Faltenrock ruhte, das Theo angeblich kannte.

»Ich könnte sie einfach fragen, ob sie mit mir drei Tage nach Venedig fährt«, sagte Ricky.

Theo griff sich an den Kopf.

»Du wirst es nie kapieren. Wie willst du ausgerechnet in Venedig deinen Wagen ausspielen? Dort fährt man Boot.«

»Dann eben Triest.«

»Warte ab. Vielleicht ist sie ja der Typ, der in den Small Talk mit Themen wie Beziehungsangst und Einsamkeit einsteigt und dir hinterher erzählt, wie sie ihre chronische Blasenentzündung mit Yoga und ihren überstarken Haarwuchs mit Fadenenthaarung bekämpft.«

Ricky musterte das Mädchen genauer. Sie spürte seinen Blick und sah verschämt weg.

»Manchmal denke ich, dass du Frauen im Grunde hasst«, sagte Ricky.

Theo schüttelte den Kopf.

»Ich liebe Frauen, aber ich verherrliche sie nicht. Ich denke da wie mein Onkel. Ich liebe sogar die Fetten und die Hässlichen, solange sie eine gute Figur und ein hübsches Gesicht haben. He, ich glaube, sie hat dich gerade angelächelt.«

»Wirklich?«

»Schon wieder. Vielleicht hat die ja einen Knacks. Aber egal. Wir nützen es aus. Diesmal gehen wir es systematisch an.«

Ricky fühlte sich aufgescheucht. Es war eigentlich gemütlich, in Selbstmitleid und Einsamkeit zu baden und dabei vom plötzlichen Glück zu träumen, das eines Tages ganz von selbst zu ihm kommen würde. Er fand es im Moment jedenfalls angenehmer, als mit einer spröden Vorzugsschülerin, die womöglich noch schüchterner war als er, Konversation machen zu müssen.

»Du wartest, bis sie geht«, sagte Theo. »Wenn sie draußen an deinem Wagen vorbeikommt, sperrst du ihn mit der Fernsteuerung auf. Wenn sie über das Klacken und Blinken erschrickt, gehst du hin und entschuldigst dich. Sie wird nur Augen für den Ferrari haben und dich sehr attraktiv finden.«

Theo war offenbar ziemlich stolz auf seinen Plan, doch Ricky zögerte.

»Meinst du nicht, dass ich es diesmal ohne Ferrari versuchen könnte? Ich meine, sie hat gelächelt, dabei weiß sie noch gar nichts von dem Auto.«

»Vergiss es.«

»Wenn es einfach nicht reicht, reicht es vermutlich auch mit einem Ferrari nicht«, sagte Ricky.

»Wirst du jetzt auch noch wehleidig? Frauen lieben nur Sieger.«

»Ich dachte, sie lieben in Wirklichkeit die Verlierer.«

»Großer Irrtum«, sagte Theo. »Sie lieben die Sieger wegen ihrer Stärken. Sie wollen bloß, dass sie auch Schwächen zeigen, damit sie besser an sie herankommen. Aber keine Sorge. Jeder Mensch hat Stärken, und deine ist nun einmal im Moment der Ferrari.«

15

Das Mädchen im Faltenrock hieß Doris, und sie kam Ricky nicht besonders hell im Kopf vor. Sie erzählte ihm, dass sie ihre schwarze Geldbörse mit den grünen Rüschen bei Benetton gekauft hatte, als sie dort einmal ein Sommerpraktikum gemacht und dreißig Prozent Mitarbeiterrabatt bekommen hatte, dass sie im zweiten Semester Medizin studierte, um einmal Zahnärztin zu werden, und dass sie früher Stewardess werden wollte.

»Wenn du die Fliegerei magst, wird dir das hier gefallen«, sagte Ricky. Dabei drückte er auf den Startknopf, und der Motor legte mit seinem Orchester los.

»Wie meinst du das jetzt?«, fragte Doris. »Tut mir leid, falls ich gerade auf der Leitung stehe.«

»Das klingt doch wie in einem Flugzeug, findest du nicht?«

»Ach so, das Geräusch. Ja genau.«

Doris kicherte.

»Entschuldige bitte, ich bin nicht so perfekt in manchen Dingen«, sagte sie.

Doris erzählte ihm, dass sie nach der Scheidung ihrer Eltern von ihrer Mutter und zwei Großtanten aufgezogen worden sei, dass sie gute Manieren abgrundtief hasse, dass sie aber so sehr darauf getrimmt worden sei, dass sie nicht anders könne, als sich artig zu benehmen, und dass Sex ihr einziges Ventil sei.

»Oh mein Gott«, sagte Ricky.

»Habe ich dir Angst gemacht?«, fragte Doris.

»Nein, gar nicht.«

Ricky ignorierte an der nächsten roten Ampel den Fahrer eines Audi R8, der links von ihm angriffslustig mit dem Gaspedal spielte. Als die Ampel auf Grün sprang, ließ er den Audi ziehen.

»Das hast du super gemacht«, sagte Doris. »Ich dachte schon, hier würde es gleich ungemütlich, weil du dich auf so etwas einlässt.«

Ohne weitere Einleitung öffnete sie seinen Gürtel.

Theo rief an.

Ricky bemerkte, dass Doris' Faltenrock trotz ihrer komplizierter werdenden Position noch immer perfekt saß.

»Es stört mich nicht, wenn du dabei telefonierst«, sagte sie.

Ricky fragte sich, wie weit genau er mit Doris gehen musste, um seine Wette mit Chris gewonnen zu haben.

»Mir ist eingefallen, woher ich die Kleine kenne«, sagte Theo. »Sie hat einen Geburtsfehler. Ihr Gebiss ist irgendwie falsch angelegt. Aus ihrem Gaumen ragt ein scharfer Zahn, aber sie lässt das nicht reparieren. Sie ist ein bisschen pervers.«

»Blödsinn.«

Ricky manövrierte den Wagen durch den zähen Nachmittagsverkehr. Die Sonne schien, und obwohl es draußen kühl war, fühlte sich der Tag im Cockpit wie ein Sommertag an.

»Ich bin ganz sicher«, sagte Theo. »Ein Bekannter von einem Freund von mir wollte sie wegen Körperverletzung anzeigen. Ich weiß nicht, was daraus geworden ist.«

»Du verarschst mich doch«, sagte Ricky.

»Wahrscheinlich ist es Männerhass.«

Ricky legte auf und bremste scharf.

»Was ist los?«

Doris richtete sich verdattert auf.

Ricky knöpfte eilig seine Hose zu.

»Ich dachte, es wäre die Polizei«, sagte er. »Ich habe mich wohl geirrt.«

Theo rief noch einmal an. Er lachte schallend ins Telefon.

»He, Ricky. War nur ein Scherz. Gut, was? Mir ist tatsächlich wieder eingefallen, woher ich sie kenne. Sie hat bei uns in der Nachbarschaft gewohnt. Ein nettes Mädchen. Grünes Licht also für den Fall, dass du sie rumkriegst.«

Ricky sah Doris an. Sie war ganz blass geworden.

»Ich bin so erschrocken«, sagte sie. »Ich fürchte, ich muss gleich rülpsen.«

»Tu es doch einfach«, sagte Ricky.

»Ich kann so etwas nicht. Meine Großtanten …«

»Vergiss deine Großtante«, sagte Ricky. »Ich zeige es dir.«

Sie flehte ihn an.

»Nein! Bitte, bitte nicht! Bitte tu das nicht!«

Gnadenlos rülpste Ricky so laut, dass er sogar den brüllenden Ferrarimotor übertönte.

Doris ließ daraufhin ihr Fenster herunter und kotzte hinaus. Ihr Körper bog sich in Krämpfen. Sie hörte gar nicht mehr auf zu kotzen.

»Ich will ein Taxi«, wimmerte sie dazwischen.

Sie standen am Straßenrand und warteten auf das Taxi. Doris weinte stumm. Sie hatte keine Taschentücher dabei. Ricky auch nicht. Doris zog ihren rechten Schuh aus und wischte sich das Gesicht mit ihrer Socke ab. Dann kletterte sie ins Taxi. Der Fahrer sah Ricky vorwurfsvoll an, als vermute er, er habe Doris geschlagen. Wie weit auch immer er für seine Wette mit Chris bei einer Frau gehen musste, dachte Ricky, das reichte jedenfalls nicht.

Ausgerechnet in diesem Moment fiel ihm etwas ein. Auf dem Foto, das ihm Nordpol und Ana gezeigt hatten, war er gar nicht mit Chris' Ferrari zu sehen gewesen. Es war an jenem Morgen aufgenommen worden, als er zum ersten Mal in den Wagen steigen wollte. Bloß hatte er es beim falschen Auto versucht. Dabei musste er fotografiert worden sein. Scheiße, dachte er. Das war wirklich ein Durchbruch. Warum war es ihm nicht gleich aufgefallen? Wenn er verwechselt wurde, dann mit dem Besitzer des anderen blauen Ferraris.

16

Als Ricky gegen Mittag mit Theo zum »Roten Kamel« fuhr, fühlte sich die Sache fast wie ein Abenteuer an. Theo gab sich professionell.

»Wenn das Ganze wirklich eine Verwechslung ist, dann hat der Typ, den wir suchen, ein klares Profil«, sagte er. »Er fährt einen Ferrari und isst im Roten Kamel, also hat er Geld wie Heu. Er trifft Vereinbarungen mit Werner Pandi, also ist er Unterwelt. Er hält die Vereinbarungen nicht ein, also ist er entweder schwer bewaffnet, oder er hat ziemlich große Eier. Wahrscheinlich beides.«

»Dort ist es«, sagte Ricky.

Das »Rote Kamel« lag hinter einem niedrigen Steinmäuerchen und einem von Kastanien beschatteten Vorplatz, auf dem ein Lieferwagen des Restaurants und ein paar teure Autos standen.

»Wir fahren einfach vor«, sagte Theo. »Der Ferrari ist unsere Visitkarte. Sonst sagen die uns nicht einmal die Uhrzeit.«

Ricky fuhr bis zum Seil und ließ den Motor laufen. Ein Junge im weißen Jackett eilte zu ihnen heraus und machte die Einfahrt frei. Theo gab ihm einen Zehner und nannte ihm sein Anliegen.

»Vergangenen Mittwoch?«, sagte der Junge. »Ja doch. Ein blauer Ferrari wie dieser hier. Ich erinnere mich.«

Theo reichte ihm noch einen Zehner.

»Wir brauchen den Namen«, sagte er. »Es gibt nur zwei blaue Spider in der Stadt. Das ist also wie Familienzusammenführung, verstehst du?«

»Ich sehe gern für Sie nach.«

»Man fragt sich, warum du ständig bei der Zulassungsprüfung als Berufsdetektiv durchfällst«, sagte Ricky.

»Mein Onkel ist auch ein paarmal durchgefallen. Und trotzdem hat er es weit gebracht.«

»Weit gebracht?«

»Er wurde immerhin erschossen. Das muss dir erst einmal gelingen in einer ruhigen Stadt voller alter Leute wie Wien. Oh, entschuldige. Habe ganz vergessen, dass dir auch so etwas Ähnliches droht. Die zwanzig will ich übrigens zurück, falls du überlebst.«

Wenig später wussten sie, dass der Fahrer des anderen blauen Ferrari 360 Spider Reinhard Pongratz hieß, Mitte fünfzig, etwas füllig und Glatzenträger war und dass es sich um seinen ersten und bisher einzigen Besuch im »Roten Kamel« gehandelt hatte. Letzteres war ungewöhnlich, zumal sich in Wien nur eine begrenzte Klientel den kulinarischen Luxus dieses Haubenrestaurants leisten konnte und vor allem Stammgäste dort verkehrten. Pongratz war mit einer viel jüngeren dunkelhaarigen Frau dort gewesen.

»Die Frau kannten wir«, sagte der Junge.

Theo gab ihm noch einen Zehner und zwinkerte dabei Ricky zu.

»Sie war auch schon mit anderen Herren da«, sagte der Junge.

Theo nickte.

»Danke.«

Sie fuhren zurück in die Stadt.

»Klarer Fall von Mafiapate«, sagte Theo. »Kommt sonst nie aus seinem Loch, aber an diesem Abend wollte er sich mal was gönnen. Vielleicht hat er seinen Sechziger gefeiert oder so. Richtige Freunde haben solche Leute ja nicht. Also veranstaltet er ein Dinner for two mit einer Escortnutte.«

Der einzige Reinhard Pongratz, den sie fanden, war Eigentümer einer Firma namens Karnoflex. Karnoflex stellte Karniesen her. »Mehr als zweitausendfünfhundert verschiedene Produkte«, stand auf der Homepage der Firma.

»Klarer Fall von Scheinidentität«, sagte Theo.

Er stöberte weiter im Internet.

»Da haben wir etwas«, sagte er. »Der gute Mann lebt anscheinend in Mauer. An seiner privaten Adresse ist noch eine andere Firma eingetragen.«

Theo zögerte.

»Eigentümlich«, sagte er. »Es scheint sich um eine Figurberatung zu handeln. Geschäftsführerin ist Herta Pongratz, fünfundfünfzig.«

Die Firma hieß »Figurberatung Herta«.

Theo las vor.

»Jede Frau hat ihre eigene Figur. Ich helfe Ihnen, Ihre zu finden.«

»Schwachsinn«, sagte Theo. »Damit verdienen die ihr Geld jedenfalls nicht.«

Sie fuhren hin und hielten nahe einem Einfamilienhaus, das mit grauem Eternit getäfelt war. Links und rechts von der Haustür standen steinerne Blumentröge.

»Hier wohnt kein Mafiapate«, sagte Ricky.

»Du wirst schon sehen.«

Theo öffnete sein Sakko. Ricky sah eine Pistole in einem Schulterhalfter.

»Spinnst du? Du hast keinen Waffenschein. Ich will in nichts hineingeraten.«

Theo blieb ganz ruhig.

»Du bist schon in etwas hineingeraten«, sagte er.

Pongratz sah aus, wie ihn der Junge im »Roten Kamel« beschrieben hatte. Er war nur noch kleiner, noch dicker und noch älter, als ihn Ricky sich vorgestellt hatte.

»Da drüben, der blaue Spider, das ist unserer«, sagte Theo. »Es gibt nur zwei davon in der Stadt, und da dachten wir, wir schauen einmal vorbei. Einfach so.«

Pongratz verzog sein Gesicht wie im stummen Schmerz. Sein ganzer Kopf begann zu zucken, und er streckte die Hände von sich. Theo warf Ricky einen vielsagenden Blick zu, während hinter Pongratz eine Frau auftauchte. Frau Pongratz. Sie war ein Koloss von einer Frau. Ricky kam es vor, als wäre sie mindestens doppelt so groß wie ihr Mann. Theo warf Ricky noch einen Blick zu. Wenn die einer hilft, ihre eigene Figur zu finden, dann kann nichts Gutes dabei herauskommen, hieß er.

»Was wollen denn die Herren?«, fragte Frau Pongratz.

Ihr Mann warf Theo und Ricky flehende Blicke zu.

»Eine Verwechslung«, sagte er. »Sie suchen einen Zeugen bei einem Autounfall. Warten Sie.«

Er verschwand im Haus und kam gleich darauf mit einer Visitkarte zurück, die er Theo in die Hand drückte. Dabei kniff er das rechte Auge zu.

»Schauen Sie sich diese Karte an. Wenn Sie noch Fragen haben, erreichen Sie mich telefonisch.«

Pongratz verschwand im Haus und zog seine Frau an der Hand mit. Theo und Ricky standen noch ein paar Augenblicke vor der Tür, die sich vor ihnen geschlossen hatte. Dann gingen sie zurück zum Wagen.

»Was war das jetzt?«, fragte Ricky.

»Schau dir die Karte an«, sagte Theo.

Es war die Karte einer Ferrari-Vermietung:

Auto Mosser. Rent a Ferrari. Das ideale Geschenk für Geburtstag, Weihnachten oder Hochzeitstag. Film- und Fotoaufnahmen, Ferraritreffen, Unfall- und Service-Ersatzwagen.

»Beinahe hätten wir eine Ehe zerstört«, sagte Ricky.

»Man fragt sich, wie viele Karniesen der verkaufen muss, um heimlich eine Nutte im Ferrari im ›Roten Kamel‹ ausführen zu können«, sagte Theo.

»Gut, dass du zur Sicherheit eine Waffe dabeihattest.«

Theo entging die Ironie der Bemerkung.

»Nicht wahr?«, sagte er. »Man kann nie wissen.«

17

Abends im »Fisch« trank Ricky etwas mehr Bier als üblich. Das hatte vor allem den Effekt, dass er ziemlich müde wurde. Er sackte in seiner neuen Lederjacke mit der neuen Sonnenbrille in der Brusttasche an der Theke zusammen und dachte an nichts Bestimmtes. Eine junge Frau mit einem schüchternen Lächeln auf den Lippen trat zu ihm. Sie war trotz der hohen Schuhe, in denen sie etwas wackelig ging, ziemlich klein.

»Gehört der Ferrari da draußen dir?«, fragte sie.

Ihre Zähne hätten eine Zahnspange vertragen können, fand Ricky, aber sonst gefiel sie ihm. Als er trotzdem nicht antwortete, sah sie sich verunsichert nach ihren Freundinnen um. Die saßen zu zweit an einem Tisch und warfen ihr aufmunternde Blicke zu.

»Ich glaube, ich bin beim Einparken an Ihrer Stoßstange angebumst«, sagte sie zu Ricky.

Müde starrte Ricky hinaus. Der Ferrari sah unbeschädigt aus. Dahinter stand ein schwerer hellblauer Volvo SUV, der nicht zu der Frau passte.

»Es ist wohl nicht viel passiert, aber vielleicht sehen wir uns das mal gemeinsam an«, sagte sie.

Ricky wäre einverstanden gewesen, aber es fehlte ihm an Schwung, um vom Hocker zu klettern. Da stieg ein Mann in den Volvo, parkte gekonnt aus und fuhr weg.

»Kannst du mir bitte alles noch einmal von vorn erklären?«, sagte er. »Ich glaube, ich habe irgendetwas falsch verstanden.«

Sie kicherte betreten.

»Ehrlich gesagt wollte ich dich bloß kennenlernen, nur so, weil du mir gefällst«, sagte sie.

Beifallheischend sah sie zu ihren Freundinnen. Eine hatte erschrocken die Hand vor den Mund gehoben, als der Mann im Volvo weggefahren war. Die andere wieherte vor Lachen.

Ana kam herein. Sie verhielt sich wie immer. Kaffee, Zucker, ein Lächeln für Angela, und den Rest der Anwesenden ignorierte sie, Ricky eingeschlossen. Sie kam ihm vor wie ein Roboter.

»Tut mir leid«, sagte Ricky. »Ich habe keine gute Phase. Du kennst das vielleicht auch, wenn einfach nichts klappen will.«

»Ich finde das sexy«, meinte sie.

Ricky bemerkte, dass sie ein bisschen lispelte.

»Ich finde dich auch toll«, sagte er, »aber es ist besser, wenn du die Finger von mir lässt.«

»Wie meinst du das?«, sagte sie.

»Vielleicht kämen wir noch so weit, dass ich dir deinen Slip ausziehe –«

Sie unterbrach ihn heiter.

»Ferrarifahrer sind wohl auch sonst ziemlich schnell unterwegs«, sagte sie.

Ricky konnte sehen, dass sie in Richtung ihrer Freundinnen verdeckt einen Daumen hob.

Ricky vollendete seinen Satz.

»... aber allerspätestens dann würde etwas schiefgehen, und du hättest am Ende womöglich noch ein Trauma«, sagte er.

Ihr Gesichtsausdruck veränderte sich.

»Ich glaube, ich verstehe allmählich«, sagte sie.

Sie blickte auf einmal ganz ernst drein, und das Lispeln war weg.

»So etwas kann jedem Mann passieren«, sagte sie. »Du musst einfach nur locker bleiben. Oder kannst du – nie?«

Ricky war bereit, den Irrtum aufzuklären, notfalls in Chris' Schlafzimmer. Doch es war zu spät. Als er den Mund öffnete, war die Frau schon zurück bei ihren Freundinnen. Die drei tuschelten und lachten. Er konnte sich vorstellen, was sie sagten. Dass Ferraris Männer fuhren, die es nötig hatten. Er nahm noch einen Schluck Bier und sackte wieder in sich zusammen.

Das Besondere an ihm war vermutlich, dass er jede Situation garantiert vermasselte, dachte er. Er sah Angela nach, die gerade zwei Red Bull vorbeitrug. Vermutlich fragte sie sich schon lange, warum er ständig im »Fisch« abhing, statt ein richtiges Leben zu führen. Er sah zu Ana hinüber. Sie nervte ihn. Sie nervte ihn, weil sie immer gleich souverän, immer gleich freundlich und immer gleich professionell wirkte, wenn sie nicht gerade jemanden zu töten versuchte. Sie nervte ihn, weil sie nur mit ihm redete, wenn sie gerade Lust dazu hatte, und ihn sonst ignorierte. Sie nervte ihn, weil sie Zeugin des eben Geschehenen geworden war und weil sie sich vermutlich im Stillen über ihn amüsierte. Sollte sie doch kommen und ihn mit irgendeinem Designerrevolver erschießen.

18

Mario Mosser schichtete Spielzeugferraris in durchsichtigen Schachteln auf einer Ablage neben seinem Schreibtisch. Dabei schüttelte er unaufhörlich den Kopf.

»So geht das nicht, Freunde«, sagte er. »Ich kann euch nicht einfach Zugang zu meinen Kundendaten geben. Die behandle ich diskret. Klar?«

Ricky hätte sich im Büro eines Verleihers von Luxussportwagen mehr Eleganz erwartet. Das Ganze sah eher nach einer besseren Autowerkstatt aus. Eine Augenweide für Ferrari-Fans bot Mossers Niederlassung auch nicht. Ein paar Youngtimer standen herum. Sie hätten alle eine gründliche Politur gebraucht. Ein staubiges schwarzes Modena-Cabrio war noch das beste Stück.

»Was nehmen Sie für einen 360 Spider pro Tag?«, fragte Theo.

»Etwa dreihundert.«

Mosser war ein drahtiger leicht ergrauter Fünfzigjähriger, der in einem knittrigen schwarzen Leinenanzug steckte.

»Davon kann eine Kleinfamilie einen Monat lang leben, wenn sie ein bisschen spart«, sagte Theo.

»Kleiner Witzbold, was? Ein bescheuertes Elektroboot unten an der Alten Donau kostet zwölf Euro pro Stunde. Habt ihr euch schon einmal ausgerechnet, wie viel das für einen ganzen Tag ausmachen würde? Das wären zweihundertachtundachtzig. Und zwar ohne Vollkasko.«

Theo deutete auf den Modena.

»Der ist wohl etwas günstiger?«

»Nicht frech werden, junger Mann«, sagte Mosser. »Das ist meiner.«

»Netter Wagen«, sagte Theo. »Ich selbst bin aber kein Cabrio-Fan. Mit ein paar hundert Pferdestärken unter dem Hintern habe ich gern ein festes Dach über dem Kopf.«

Mosser schüttelte den Kopf.

»Werfen Sie mal einen Blick in die Formel 1. Ist Ihnen schon einmal aufgefallen, dass die Boliden dort im Prinzip auch alle

Cabrios sind? Aber wir können hier plaudern, so viel ihr wollt, meine Kunden nenne ich euch trotzdem nicht.«

»Einen kennen wir schon«, sagte Ricky. »Reinhard Pongratz.«

Mosser lachte.

»Der beste Beweis dafür, dass mit einem Ferrari selbst der größte Langweiler zum tollen Hengst wird. Wir haben beim Reinigen einen Damenslip unter dem Sitz gefunden, und zwar einen aus Latex mit Reißverschluss. Aber ihr wisst ja, wie das ist.«

Er zeigte hinaus auf den Wagen, in dem sie gekommen waren.

»Ich dachte ja eigentlich, dass der zweite blaue Spider in der Stadt einem Kerl namens Chris gehört, einem Musiker oder so.«

»Er ist Schriftsteller«, sagte Ricky. »Er hat ihn uns geliehen.«

Mosser grinste.

»Das war klar«, sagte er. »Ich wollte nur sehen, ob ihr der Versuchung erliegt.«

Ricky konnte Mosser nicht besonders leiden.

»Wieso war es klar?«, fragte er.

»Es liegt am Blick, am Gang, an allem. Aber keine Sorge. Die Frauen erkennen die Laien nicht. Sonst würde mein Geschäft nicht so florieren.«

Mosser lachte und beugte sich vor.

»Jetzt sagt mal, Freunde, worum geht es hier eigentlich?«

»Wir wollen wissen, wer Ihren 360 Spider am vergangenen Sonntag gemietet hat. Das ist alles.«

»Das sagtet ihr bereits. Warum wollt ihr das wissen?«

»Die Sache ist etwas kompliziert«, sagte Theo.

»Jemand verwechselt mich mit Ihrem Kunden«, sagte Ricky.

Mosser machte sich an seinem PC zu schaffen und warf einen Blick auf den alten Röhrenbildschirm. Dann betrachtete er wieder Ricky.

»Sie sehen nicht gerade wie der klassische Macho aus«, sagte er. »Aber besonders weiblich wirken sie auch nicht.«

»Wie meinen Sie das?«

»Den Wagen ist an diesem Tag eine Frau gefahren.«

»Ich weiß nicht, warum, aber irgendwie ist es deprimierend, dass auch Frauen Ferrari fahren dürfen«, sagte Theo.

Mosser streifte einen der Youngtimer, einen Ferrari 308, mit einem liebevollen Blick und verschränkte dann in seinem billigen Ledersessel die Hände hinter dem Kopf.

»An dem betreffenden Montag ist meine Frau damit gefahren«, sagte er.

»Das ist natürlich etwas anderes«, sagte Theo.

»Ihr Toyota war in der Werkstatt, und den Modena brauchte ich selbst«, sagte Mosser. »Sie hatte am Vormittag im Siebten zu tun. Gegen Mittag war sie schon wieder zurück.«

Ricky seufzte.

»Dann stehen wir wieder am Anfang.«

Theo dachte laut nach.

»Wir wissen nur, dass es wegen dem Ferrari zu einer Verwechslung gekommen ist«, sagte er zu Ricky. »Wir wissen nicht genau, wie. Also sind alle verdächtig, die ihn in der Vergangenheit gefahren sind.«

»Hat die Polizei irgendetwas mit der Sache zu tun?«, fragte Mosser.

»Warum?«, fragte Ricky.

»Wenn es um dubiose Geschäfte und kriminelle Machenschaften gehen sollte, fiele mir da vielleicht jemand ein.«

Nach einigem Drängen erzählte er ihnen von einem früheren Stammkunden, der den blauen 360 Spider manchmal zwei- oder dreimal die Woche gemietet hatte. Er habe von Anfang an gewusst, dass der Mann das Geld dafür nicht als gut bezahlte Führungskraft oder als erfolgreicher Freiberufler verdiente, sondern mit Geschäften, von denen er lieber nichts wissen wollte. Dann sei dieser Kunde von einem Tag zum anderen nicht mehr gekommen.

»Mein Zeitgefühl wird mit den Jahren immer schlechter«, sagte Mosser. »Ich würde schätzen, dass ich ihn vor einem halben Jahr zum letzten Mal gesehen habe.«

»Vielleicht hat er sich inzwischen selbst einen Ferrari zugelegt«, sagte Theo.

»Oder jemand hat ihn umgelegt«, sagte Mosser.

»Klingt gut«, sagte Theo. »Wie heißt der Bursche?«

»Freunde«, sagte Mosser, »meine Kunden sind mir wie gesagt heilig. Alle. Das ist nun einmal so.«

Es war hoffnungslos. Mosser war nicht zu knacken. Mürrisch verabschiedeten sich Ricky und Theo. Beim Wegfahren versuchte Ricky, wie ein geeichter Ferrarifahrer zu wirken. Er war von Anfang an sicher gewesen, dass jeder Dummkopf auf den ersten Blick sah, dass dieser Wagen nicht ihm gehörte.

»Ist dir aufgefallen, dass bei dem Typen die ganze Zeit über kein einziges Mal das Telefon geläutet hat?«, sagte Theo.

»Stimmt.«

»Man fragt sich, wie der sein Geld wirklich verdient.«

»Noch eine Scheinfirma? Er sah nicht so aus, als würde er welches verdienen. Was tun wir jetzt?«

»Ich habe einen Plan«, sagte Theo. »Aber reg dich bitte nicht gleich wieder auf.«

Ricky stieg unwillkürlich auf die Bremse.

»Du willst bewaffnet wiederkommen?«

Theo grinste wie ein ertappter Schuljunge, schüttelte aber den Kopf.

»Nicht ganz.«

»Also Einbruch.«

»Wir knacken seinen Computer.«

Ricky gab wieder Gas.

»Kannst du das?«

»Nein.«

»Kennst du jemanden, der es kann?«

»Nein. Aber vielleicht kenne ich jemanden, der jemanden kennt.«

19

Das Scheinwerferpaar hinter ihm machte Ricky nervös. Es war zehn Uhr am Samstagabend, und Theo hatte ihn angerufen. Er wolle ihm etwas zeigen, was er nicht am Telefon besprechen könne. Um zu Theos Hütte an der Alten Donau zu gelangen, musste er die Reichsbrücke überqueren und dann durch Kaisermühlen bis zum Wasser fahren. Nach dem Tod seines Onkels hatten die Eigentümer die Miete deutlich erhöht, aber dort zu wohnen war Theo mindestens ebenso viel wert, wie selbst die Prüfung als Berufsdetektiv zu bestehen.

Die Scheinwerfer hinter ihm waren aufdringlich. Weiß quoll ihr Licht durch das Heckfenster des Sportwagens ins Cockpit, sodass Ricky die Augen zukneifen musste. Jenseits der Reichsbrücke kam es ihm vor, als wären sein Ferrari und der Wagen hinter ihm die einzigen Autos weit und breit. Nervös drehte er eine große überflüssige Runde. Als der Wagen hinter ihm aus seinem Rückspiegel verschwand, sah er noch, dass es ein Lieferwagen war. Es war ein Vito, glaubte er, aber er war sich nicht ganz sicher.

Schließlich fuhr er an der Kaisermühlener Pfarrkirche mit ihrem hässlichen Betonturm vorbei zum Schnitterweg, der dem Wasser folgte. Ricky mochte die Bleibe seines Freundes nicht besonders, obwohl sie im Grunde romantisch war. Sie hatte eine Terrasse zum Wasser hin, an der im Sommer die Elektrobootfahrer und im Winter die Eisläufer vorüberzogen. Doch Ricky war die Hütte zu morbid. Es lag nicht nur an Theos Onkel, der bis zu seinem Tod dort gehaust hatte und noch immer in Theos Phantasie herumspukte. Die Terrasse war baufällig, und neben ihr ragten schwarze, morsche Pfeiler aus dem Wasser. Um die blaue Plastikregentonne hinter der Hütte schlang sich Efeu, und die kahle Erde rundherum wirkte auch nach den längsten Trockenperioden feucht.

Ricky hatte das Gefühl, den ganzen Stadtteil aufzuwecken, als er sich der Hütte näherte. Sie kam schon in Sicht, als er zögerte. Genau davor stand schon wieder ein Lieferwagen. Diesmal war es ganz eindeutig ein Vito. Ricky hielt den Ferrari mitten auf der Straße an. Während der Motor in seinem Rücken sang, wählte er Theos Nummer.

»Hältst du es für möglich, dass die Typen Gedanken lesen können?«, fragte er ihn.

»Welche Typen meinst du?«

»Die Gangster.«

»Bleib ganz ruhig«, sagte Theo. »Was ist los?«

»Gerade eben ist mir ein Vito nachgefahren, glaube ich. Ich habe ihn kurz nach der Reichsbrücke abgeschüttelt. Jetzt steht einer vor deiner Tür.«

»Vor meiner Tür?«

Theo machte eine kurze Pause. Ricky hörte etwas, das so klang, als würde er einen Schlüssel umdrehen. Eine sinnlose Vorsichtsmaßnahme, schoss es ihm durch den Kopf. Wenn diese Typen irgendwo hineinwollten, ließen sie sich von einer versperrten Tür sicher nicht aufhalten.

»Scheiße«, sagte Theo. »Es kann natürlich Zufall sein. Aber hier in der Gegend hat niemand einen Vito. Gedanken lesen können die vielleicht nicht, aber Handys abhören kann inzwischen fast jeder.«

»Okay. Das würde dann bedeuten, dass uns diese Arschlöcher jetzt gerade zuhören. Was tun wir?«

»Ich ballere jedem, der sich hier blicken lässt, eine Kugel in den Kopf, und du zeigst ihnen, wie schnell ein Ferrari im Vergleich zu einem beschissenen Lieferwagen ist. Wir hören uns, wenn ich die Leichen weggeräumt habe und du sie abgehängt hast.«

Ricky warf das Handy auf den Beifahrersitz. Die Wippschalter waren ursprünglich für die Formel 1 entwickelt worden, dachte er, während er sie mit den Daumenspitzen berührte und dabei das Lenkrad mit beiden Händen festhielt. Ein Lieferwagen hatte gegen einen Ferrari jedenfalls keine Chance, selbst wenn der andere Fahrer ein Profi war.

Er gab Gas und schoss an dem Vito vorbei auf das Ende der Straße zu. Eine scharfe Rechtskurve, dann kreischte der Motor, als wäre es genau das gewesen, worauf er die ganze Zeit über gewartet hatte. Eine Mischung aus Geschwindigkeitsrausch und Lust am Fliegen packte Ricky, als er funkenschlagend über eine Bodenwelle raste. Er schrammte so knapp an einem wackeligen Citroën vorbei, dass er einen Moment lang dachte, er würde gleich den Regenschirm in dessen Heckfenster verschlucken. Hundertvierzig Stundenkilometer am Kopfsteinpflaster. Als ihm einfiel, dass er nicht zu atmen vergessen durfte, merkte er, dass er schon die ganze Zeit über vor Anstrengung keuchte. Hinter ihm war nichts, aber das beruhigte ihn nicht. Er misstraute der Dunkelheit im Rückspiegel und suchte die stark befahrenen Straßen. Was immer die Gangster mit ihm vorhatten, dort konnten sie es vermutlich nicht so leicht tun.

Am Gürtel blitzte hinter ihm Blaulicht auf. Er hatte jeweils vor den Radarkanonen scharf gebremst und zu diesem Zeitpunkt das Gefühl, wieder einigermaßen kultiviert zu fahren. Da bemerkte er, wie auf der Spur neben ihm ein kleiner Opel auftauchte und wieder verschwand, als wäre er mitten auf der Straße geparkt gewesen. Er warf einen Blick auf den Tacho. Noch immer fast hundert Stundenkilometer. Fünfzig Stundenkilometer zu schnell. Den Schutz der Exekutive zu suchen war eine schlechte Idee. Bei der nächsten Gelegenheit riss er den Wagen nach rechts und fuhr wieder stadtauswärts. Scheinbar gegen alle Gesetze der Physik gehorchte der Ferrari seinen Befehlen wie auf Schienen. Er bog noch mehrmals ab, drosselte das Tempo und rollte schließlich im Leerlauf in den Schatten einer Autobahnunterführung. Eine Weile wartete er. Keine Polizei. Keine Gangster. Er rief Theo an.

»Alles in Ordnung?«

»Keine Vorkommnisse. Bei dir?«

»Alles ruhig.«

»Bleib auf der Hut«, sagte Theo. »Sag mir nicht, wo du bist. Ich habe kein gutes Gefühl. Morgen treffen wir uns wie üblich.«

»Alles klar.«

Ricky legte die Hände aufs Lenkrad. Seine Knöchel waren weiß. Vor ihm lag ein flacher verlassener Wohnblock. In den

Fenstern im Erdgeschoss sah er Weihnachtssterne und -engel. Vermutlich wurde die Anlage abgerissen, und ihre Bewohner hatten zum Jahreswechsel ausziehen müssen. Ganz in seiner Nähe wuchs ein Mast aus dem Boden, auf dem in mindestens zwölf Metern Höhe ein Schild hing. Es war nicht für den Verkehr hier unten gedacht, sondern für den oben auf der Stadtautobahn. Er wollte nach oben schauen, als er hinter sich eine Bewegung wahrzunehmen meinte. Nur die Ruhe, dachte er, während ihm der Schweiß ausbrach. Er trat auf die Bremse. Rotes Licht flutete den vom Beton umgrenzten Raum hinter ihm. Nichts. Nur ein Graffiti:

Das Leben ist eine Hure. Es fickt euch alle.

Mich fickst du nicht, Leben, dachte er. Vielleicht bin ich eine Null, die nie eine Frau abkriegt und nicht besonders viel Zukunft hat. Vielleicht bin ich nicht einmal durchschnittlich genug, um mich wenigstens Durchschnitt nennen zu können. Aber ficken, Leben, lasse ich mich trotzdem nicht. Nicht von dir. Er startete den Motor, und das Graffiti versank in der Dunkelheit. Wohin? Sein Blick glitt die Säule entlang nach oben. »Orpheus dreihundert Meter«, stand dort. Danke, Leben, dachte er. Du fickst nur die, die mit gesenktem Kopf herumlaufen.

Er parkte den Wagen im Schatten des Blocks und folgte der Straße zu Fuß. Er wusste nicht genau, was er beim »Orpheus« wollte. Es ging ums Prinzip. Die Opferrolle war nichts für ihn. Angreifen war ihm lieber. Das hatte er gerade über sich gelernt. Er war selbst verwundert. Er fühlte sich gut. Er fühlte sich fast wie ein Sieger.

Nach fünf Minuten ragten vor ihm die beiden Gebäudeblocks des »Orpheus« in die Nacht. Links das Bordell und rechts das Kasino. Alles war ein bisschen kitschig, aber weder frivol noch marktschreierisch. Die Kette dem Parkplatz entlang spannte sich zwischen Säulen in der Form von Barockengelchen. Vor dem Gebäudekomplex lag Kies, der im Nachtlicht so weiß aussah, als würde er jeden Tag gewaschen. Die Stufen hinauf zu den Eingängen waren mit roten Teppichen belegt. Im zweiten Stock verband ein Durchgang aus dunkelrotem Glas die beiden Gebäudeblocks.

Warum sind Sie hinter mir her? Was wollen Sie von mir?

Ricky fand, dass diese beiden Fragen ziemlich vernünftig klangen und dass er jedes Recht hatte, sie Werner Pandi zu stellen. Pandi war Unternehmer, damit rationalen Erwägungen unterworfen, und reagierte auf vernünftige Fragen vielleicht mit vernünftigen Antworten. Genau wusste es Ricky allerdings nicht. Es hatte zu wenige Informationen über den Mann. Soweit er das einschätzen konnte, liebte es Pandi, einen Mythos aus sich zu machen. Einst hatte er als Animateur in einem Freizeitclub auf den Kanarischen Inseln angefangen. Allmählich war er ins Rotlichtmilieu hineingewachsen. Das Spielkasino hatte er dazugekauft, als der ursprüngliche Eigentümer damit pleitegegangen war. Seit Pandi es betrieb, florierte es wie sein Bordell, obwohl in Wien gemunkelt wurde, dass er das Glück manipulierte. Er ließ seine Gäste angeblich nach Gutdünken gewinnen und verlieren. Die akzeptierten es. Sie akzeptierten seine Macht auf eine ähnliche Art wie die Fortunas.

Ricky hatte mit Prostitution und Glücksspiel bisher noch nicht einmal bei verschwitzten Jugendstreichen zu tun gehabt. Er hatte deshalb keine Ahnung, was ihn im »Orpheus« erwartete. Vor allem hatte er keine Ahnung, wie er hineingelangen sollte. Der Haupteingang war ihm verwehrt, und das nicht bloß wegen der saftigen zweihundert Euro Eintrittspreis. Zweifellos war sein Foto im Videoüberwachungssystem gespeichert. Wenn er bloß vor die Tür trat, würden sie ihn haben und womöglich für immer in den Kellern des Etablissements verschwinden lassen. Irgendwann in ein paar tausend Jahren würden Forscher sein Skelett finden und sich fragen, wo seine Fingerknochen geblieben waren.

Er hielt Ausschau nach privaten Sicherheitsleuten. Er nahm an, dass einige von ihnen über das Gelände patrouillierten. Es hätte ihn nicht gewundert, wenn sie Designeruniformen wie Kattus, Heinz, Gummi und Löwe getragen hätten. Aber er sah niemanden. Vor dem Eingang zum Kasino standen zwei Türsteher und rauchten, vor dem Bordell gab es nicht einmal die. Es schien überhaupt nicht besonders viel los zu sein. Die wenigen Gäste, die vom Parkplatz kamen, stiegen gleich über das

Seil und stapften durch den Kies, statt den gepflasterten Zugang zu nehmen. Stammgäste, dachte Ricky. Allmählich fühlte er sich sicherer.

Er ging seitlich am Kasino entlang. Irgendeinen Weg hinein musste es geben. Er war froh, als er den Kiesstreifen durchquert hatte. Am Asphalt, der dahinter folgte, knirschten seine Schritte nicht. Er erreichte die Rückseite der Anlage. Auch dort war niemand. Das Glas des Verbindungsganges warf einen blutroten Schein auf den Asphalt. Ricky ging weiter. Theo wäre stolz auf ihn, dachte er. Theo. Ricky blieb stehen, um sein Handy auf lautlos zu schalten. Das Display leuchtete dabei auf. Im selben Moment trat eine Gestalt aus dem Nichts. Ricky ließ das Handy vor Schreck beinahe fallen. Die Gestalt gehörte einem Mann, der es ziemlich eilig zu haben schien. Er war schon an ihm vorbei an der Hauswand. Dort öffnete er eine Tür, die Ricky gar nicht bemerkt hatte, und hielt sie reflexartig für ihn auf. Ohne zu zögern, trat Ricky ein.

»Danke«, sagte er.

Jetzt stand er in einem mit Teppichen ausgelegten Gang. Von vorn drangen Geräusche wie von einer Party zu ihm. Dort verschwand der Mann, der ihn eingelassen hatte, um die Ecke. Langsam tappte Ricky vorwärts. Der Raum, den er als Nächstes betrat, war voller plaudernder älterer Männer und schöner Frauen, die bei den Männern an den Tischen saßen oder herumgingen. Antiquitäten und eine ausgestopfte Antilope standen herum. Überall waren schwere dunkle Stoffe und goldene Bilderrahmen. Auf den ersten Blick hätte es eine Abendveranstaltung der vornehmen Wiener Gesellschaft sein können, fand Ricky. Auf den zweiten waren ein paar der Frauen etwas zu aufdringlich geschminkt, und ein paar der Männer lachten breiter und rüder, als sie es auch zu vorgerückter Stunde in Anwesenheit bürgerlicher Damen getan hätten.

Ricky streifte seine Jacke glatt. Anscheinend fiel er niemandem auf, was er seinen neuen Kleidern zu verdanken meinte. Wahrscheinlich strahlte er damit wirklich den Ferrari aus, dachte er. Er nahm eine Stiege nach oben. Am Treppenabsatz stand ein Tischchen mit einem Sekteimer und zwei Gläsern darauf.

Sonst sah im oberen Geschoss vieles aus wie in einem Hotel, das sich besonders dicke Teppiche leistete. Gänge und Türen. Aus dem Spalt einer angelehnten Tür drang eine strenge Frauenstimme zu ihm.

»Jede hat manchmal einen schlechten Tag, aber das geht natürlich nicht«, sagte die Frau.

»Du verstehst mich, Christine«, antwortete der Mann. »Es geht mir ums Prinzip. Ich komme hierher, um mich zu entspannen, und nicht, um mich mit der nächsten Zicke herumschlagen zu müssen. Und ich wollte ohnedies auch etwas Geschäftliches mit Pandi besprechen.«

»Ja, geh zu ihm hinauf«, sagte Christine. »Du kennst ja den Weg. Zweiter Stock und dann ganz nach rechts. Für Geschäfte ist aber heute nicht der beste Zeitpunkt. Am Nachmittag war er ziemlich schlecht aufgelegt. Ich kann dir auch einfach in seinem Namen anbieten, dass du eine Gratisrunde drehst, und wir vergessen die Sache.«

»Das ist wirklich nicht nötig«, sagte der Mann. »Eigentlich ist mein Ärger schon verflogen. Ich wollte es nur jemandem gesagt haben. Die Runde nehme ich gern, danke.«

Zweiter Stock und dann ganz nach rechts. Ricky huschte nach oben. Die gläserne Brücke sah von dort oben aus wie die ins Jenseits, bloß war sie statt in das weiße Licht der Ewigkeit in Blut getaucht oder in Liebe oder in beides.

Am Kopfende des von Christine beschriebenen Ganges lag eine Tür, die im Gegensatz zu den anderen Türen zwei Flügel hatte. Der Gang selbst war durch eine geschmiedete, kaum kniehohe Absperrung abgetrennt. Ricky lauschte. Die Luft war rein. Er stieg über die Absperrung und ging nach hinten. Neben der doppelflügeligen Tür gab es acht weitere schmale Türen. Er drückte die Klinke der ersten, doch sie war versperrt. Er versuchte es bei den nächsten beiden, ebenso vergeblich. Da hörte er jemanden kommen. Zwei Frauen, die sich in einer slawischen Sprache unterhielten. Zurück konnte er nicht, und nach vorn war der Gang eine Sackgasse. Er hätte sich als Gast ausgeben können, der sich auf der Suche nach der Toilette verirrt hatte, aber das war zu riskant. Hastig probierte er die anderen Türen.

Die fünfte ging auf. Er öffnete sie so weit wie nötig und schlüpfte, ohne das Terrain zu sondieren, so leise wie möglich hindurch.

Jetzt begriff er, warum er bei den anderen Türen gescheitert war. Sie existierten nur an der Außenseite. Er befand sich in einer Art Präsidentenzimmer. Palmen, Ledermöbel, Bücherschränke und ein riesiges Aquarium standen in dem weitläufigen Raum herum. Von der Decke hingen schwere Kandelaber, und die Wände waren mit edlen Hölzern getäfelt. Hübsche Ölbilder, die mediterrane Motive zeigten, hingen dort. Ganz vorn saß ein Mann im Licht einer altmodischen Schreibtischlampe. Das musste Werner Pandi sein. Pandi trug einen spektakulär aussehenden aufgezwirbelten Schnurrbart. Er schien ihn nicht bemerkt zu haben.

Ricky versteckte sich hinter einem Bücherschrank, wobei er rasche Bewegungen möglichst vermied. Er verschwand keine Sekunde zu früh. Durch die Haupttür trat eine Frau ein. Sie schien ein ziemlich vertrautes Verhältnis zu Pandi zu haben. Sie hatte weder geklopft noch sich anders bemerkbar gemacht.

»Gibt es Schwierigkeiten?«, fragte Pandi.

»Wir müssen Penelope beibringen, Männern, mit denen sie nicht kann, aus dem Weg zu gehen, statt sich ihnen extra aufreizend zu präsentieren und hinterher Schwierigkeiten zu machen.«

Ricky erkannte die Stimme der Frau, die der unzufriedene Freier »Christine« genannt hatte.

»So etwas ist schwer zu lernen«, sagte Pandi. »Besucht sie unseren Deutschkurs?«

»Ich glaube schon.«

»Penelope ist ein hübsches Mädchen.«

»Tja.«

Pandis Telefon läutete.

»Ja?«, sagte er.

Dann hörte er eine Weile zu. Christine nahm inzwischen auf einem Stuhl in einiger Entfernung von seinem Schreibtisch Platz und wartete stumm. Ricky dämmerte, dass sein Hauptproblem darin bestehen würde, wieder heil aus dem »Orpheus« herauszukommen.

»Genauso machen wir es«, sagte Pandi.

Er nickte Christine zu, als wüsste die, worum es ging.

»Nein, ich will nicht mit ihm reden«, sagte er. »Ein bisschen spielen ist immer okay, aber für Diskussionen hatte ich heute schon genug Stress.«

Pandi lauschte wieder eine Weile. Ricky kroch im Rückwärtsgang zu der Tür, durch die er hereingekommen war.

»Sonst nichts. Er soll nur wissen, dass Vereinbarungen einzuhalten sind. Wie war das noch einmal? Ein Finger weg bei 36,7. Zwei Finger weg bei 36,5. Aus bei 36.«

Pandi lachte schallend.

»Mammut beginnt mir allmählich Spaß zu machen«, sagte er.

Im selben Moment schlüpfte Ricky wieder hinaus in den Gang und ging mit raschen Schritten zurück nach unten. Ohne von irgendjemandem angesprochen worden zu sein, verließ er das Haus und die Anlage. Es war so verdammt einfach gewesen, dachte er dabei. Er fühlte sich unbehaglich. Irgendetwas, dachte er, hatte er die ganze Zeit übersehen. Als er zu seinem Wagen kam, wusste er, was es war. Er war gerade in einem Theaterstück aufgetreten, ohne es zu bemerken. Unter seinem Scheibenwischer ein Zettel:

Jetzt weißt du, was wir dich wissen lassen wollen.
Nun eile, um uns die Tasche zu holen.
Bring sie uns in voller Zahl,
alles andere ist uns ganz egal.
Wir sind immer und überall.

20

Sie saßen in Theos Hütte. Sie bestand aus einem einzigen Raum, in dem es wie in einem Bootshaus roch. Eine schmale Liege, ein Tischchen, ein Kühlschrank und ein silberner Standaschenbecher waren die wesentlichen Einrichtungsgegenstände.

»Was hast du gedacht?«, sagte Theo. »Ein Anfänger schafft es niemals, ins Büro von Werner Pandi vorzudringen und ihn zu belauschen. Es sei denn, Pandi will es so.«

»Ich hab es inzwischen kapiert«, sagte Ricky.

»Immerhin ziemlich viel Aufwand, den so eine große Organisation wegen eines kleinen Zeitungslayouters betreibt«, sagte Theo. »Und trotzdem super, dass du das durchgezogen hast. Wenn ich eine eigene Detektei habe, kannst du gern als Juniorpartner bei mir einsteigen.«

Ein kühler Wind strich über das Wasser draußen und verwehte die Wärme der Sonnenstrahlen. Es war Sonntag, ein Sonntag für Spaziergänger und Radfahrer. Theo wirkte unausgeschlafen, und Ricky war niedergeschlagen.

»Gehen wir es durch«, sagte Theo. »Du sollst ihnen eine Tasche bringen. Du sollst sie ihnen in voller Zahl bringen. Was soll das bedeuten? Eins unserer Probleme besteht offenbar darin, dass diese Typen nicht besonders gut reimen können. Was soll diese Reimerei überhaupt?«

Ricky lungerte auf Theos Liege und legte die Füße auf das Tischchen.

»Die Reime sind wie eine Unterschrift. Nordpol und ihre Truppe. Die haben auch gereimt, als sie mich in Chris' Wohnung überfallen haben, und fanden das ungeheuer lustig.«

Theo sah mit gerunzelter Stirn einem Schwan zu, der draußen vorbeischwamm.

»Die wollen garantiert keine leere Tasche von dir, so viel ist klar«, sagte Theo. »Selbst eine Louis-Vuitton-Tasche wäre in leerem Zustand so viel Theater nicht wert. Was drin sein muss, ist auch klar. Geld, das ihnen jemand schuldet, oder Drogen, die ihnen jemand geklaut hat. Ich tippe auf Geld. Und ich weiß inzwischen auch, wer es ihnen geklaut hat.«

Ricky war unkonzentriert gewesen. Erst allmählich sickerten Theos Worte zu ihm durch.

»Was?«, sagte er. »Wer?«

»Sagt dir der Name Gerd Leitgeb etwas?«, fragte Theo.

»Nein.«

»Dachte ich mir.«

Theo zeigte mit zwei Fingern und ausgestrecktem Daumen auf den Schwan.

»Peng«, sagte er. »Ich hasse Schwäne. Die vermehren sich wie die Ratten.«

»Wer ist Gerd Leitgeb?«

Theo legte eine Liste auf den Tisch.

»Die hat mich drei Hunderter gekostet«, sagte er. »Also sehen wir zu, dass wir etwas daraus machen.«

Es war Mossers Kundenliste, ausgedruckt auf billigem Papier. Schon beim ersten Blick sah Ricky, dass die Nachfrage nach mietbaren Ferraris nicht besonders groß war, zumindest nicht bei Mosser am Wienerberg.

»So wie ich das sehe, heißt der Stammkunde von früher, von dem Mosser geredet hat, Gerd Leitgeb«, sagte Theo.

Das Wasser der Alten Donau sah bleiern aus. Nicht mehr lange, dachte Ricky, dann würde es wieder in der Sonne glitzern, und die Ufer würden voller Menschen sein. Die Tage wurden immer wärmer. Für das kommende Wochenende war ein erster Vorgeschmack auf den Sommer angekündigt. Ricky dachte zuerst an Lisa und dann an Ana. Auf einmal vergaß er alles und schwebte in eine von diesen Stimmungen. Es war Frühling. Die Menschen waren glücklich und verliebten sich. Nur er war noch immer allein. Er war allein mit seinem Ferrari und den Gangstern.

»Genau zweiunddreißigmal«, sagte Theo.

»Zweiunddreißigmal was?«

»Zweiunddreißigmal hat Gerd Leitgeb den Ferrari innerhalb von drei Monaten gemietet. Wir haben ihn. Das ist ein Erfolg.«

Ricky fand, dass Theo, der sonst einen Hang zum Triumphieren hatte, nicht besonders triumphierend klang.

»Bist du sicher?«, fragte er.

»Der Zeitraum passt, die Frequenz passt, der Wagen passt, und vergleichbar treue Stammkunden hat Mosser nicht. Der Bursche hatte Sonderkonditionen. Er hat sich sein Hobby aber trotzdem einiges kosten lassen. Genau siebentausendvierzig Euro in einem Vierteljahr. Sprit und Strafzettel noch nicht mitgerechnet.«

Zwei Tretboote kamen in ihr Blickfeld. Je zwei halbwüchsige Mädchen waren an Bord. Die Mädchen stießen zum Spaß schrille Schreie aus, die wie Pfiffe klangen.

»Wir müssen diesen Gerd Leitgeb finden«, sagte Theo.

Ricky rechnete damit, dass draußen noch ein Boot vorfahren und schwarze Gestalten das Feuer auf die Hütte eröffnen würden. Ihm war ein bisschen übel. Er hatte nicht genug geschlafen und bisher nur eine Cola getrunken.

»Wie finden wir ihn?«, fragte er.

»Der Typ ist offenbar so eine Art Anzeigenkeiler«, sagte Theo. »Bloß verkauft er statt Anzeigen Lebensversicherungen, Fremdwährungskredite und Ähnliches. Die Firma, für die er arbeitet, heißt financedirect.«

Theo las vom Bildschirm vor: »Bei Fragen stehen wir jederzeit gern zur Verfügung. Ihr Ansprechpartner ist Gerd Leitgeb.«

Theo wählte eine Nummer.

»Herrn Leitgeb bitte.«

Er lauschte eine Weile.

»Aha«, sagte er.

In Rickys Richtung schüttelte er den Kopf.

»Können Sie mir sagen, wo ich ihn jetzt finde? … Da kann man nichts machen … Danke.«

Er legte auf.

»Fehlanzeige?«, fragte Ricky.

»Er arbeitet dort seit einem halben Jahr nicht mehr«, sagte Theo.

Eine Ente landete im Wasser, um gleich wieder wegzufliegen. Ricky fühlte sich unwohl. Irgendwo da draußen waren seine

Verfolger, und seit gestern Nacht hatten sie eine neue Bedeutung für ihn. Bisher hatte sich die Sache immer wie ein Spiel angefühlt, aber ein Spiel war sie nur für die anderen. Das wusste er jetzt. Für ihn konnte bitterer Ernst daraus werden. Denn es bestand kein Zweifel daran, was »Aus bei 36« bedeutete.

»Ist dir eigentlich klar, dass die mich umbringen, wenn ich nicht bald herausfinde, um welche Tasche es geht, wo sie ist und wie ich sie beschaffen kann?«, sagte er.

»Wir haben immerhin schon einen Namen«, sagte Theo. »Diesen Gerd Leitgeb finden wir, und dann sind wir einen großen Schritt weiter.«

Ein Geräusch ließ sie aufhorchen. Es kam von draußen und klang wie das Knarren einer Planke. Ricky wollte aus seinem Sessel hochfahren, doch der Impuls kam nicht richtig bei seinen Beinen an. Er fühlte sich wie gelähmt.

»Ich glaube, wir sollten weg hier«, sagte er.

Im selben Moment erzitterte die Tür. Jemand pochte so heftig dagegen, dass sie aus dem Rahmen zu brechen drohte.

»Nur die Ruhe«, sagte Theo. »Noch habe ich alles unter Kontrolle.«

Er hob seine Stimme.

»Kommen Sie herein, Chefinspektor. Es ist offen.«

Die Tür ging auf. Ein mittelgroßer Mann in einem schlecht sitzenden beigen Anzug kam herein. Er war nicht besonders groß, dennoch wirkte die Hütte plötzlich übervoll.

»Seien Sie willkommen in meinem bescheidenen Heim«, sagte Theo.

»Einem bescheidenen Heim mit Videoüberwachung an der Tür«, sagte der Mann.

Er deutete auf den Bildschirm, von dem Theo gerade ein Standbild von der Außenseite des Eingangs wegklickte.

»Nichts für ungut, Chefinspektor«, sagte Theo. »Wir beide wissen, dass das Leben ziemlich ungemütlich sein kann. Da will ich mich nicht auf die Polizei verlassen müssen.«

Der Mann schüttelte den Kopf.

»Ganz der Onkel«, sagte er. »Der hatte auch immer diese frechen Sprüche auf Lager. Bis er besoffen in eine Kugel gelaufen ist. Zum Glück besteht ja keine Gefahr, dass Sie beruflich in seine Fußstapfen treten. Wie oft sind Sie schon bei der Zulassungsprüfung durchgefallen? Dreimal? Viermal?«

Theo lächelte.

»Vertiefen wir das Thema lieber nicht, Chefinspektor. Ich bezweifle nämlich, dass Sie solche Informationen als Mitglied der Prüfungskommission ausplaudern dürfen, und wir wollen ja nicht, dass Sie Schwierigkeiten bekommen.«

Theo wandte sich an Ricky.

»Das ist Chefinspektor Damian Bergmann.«

»Ricky Schneider«, sagte Bergmann. »Ein netter junger Mann, der in falsche Gesellschaft geraten ist.«

»Was Sie alles wissen«, sagte Theo. »Und schön, dass ein Chefinspektor der Wiener Polizei nichts anderes zu tun hat, als sich mit uns zu beschäftigen. Diese Stadt muss ja ziemlich sicher sein.«

Ricky bemerkte, dass Bergmann blaue, kristallklare Augen hatte, die nicht zu seinem schnoddrigen Auftreten passten.

»Was führt Sie nun hierher?«, fragte Theo.

»Ich wollte mir euch beide nur etwas genauer ansehen«, sagte Bergmann. »Das erleichtert mir später die Identifizierung eurer Leichen. Außerdem wollte ich euch ein bisschen motivieren. Macht weiter so. Ich bin schon eine ganze Weile hinter Pandi her. Vielleicht kriege ich ihn für den Mord an euch beiden dran. Schon oft sind große Verbrecher letztendlich wegen einer Lappalie hinter Gitter gegangen.«

Ricky wurde blass, doch Theo blieb unerschütterlich.

»Soviel ich weiß, konnten Sie Pandi bisher noch nicht einmal wegen Falschparkens drankriegen. Sie wurden bei jedem Versuch zurückgepfiffen, was Ihnen regelmäßig Magenbeschwerden eintrug. Habe ich recht?«

Bergmanns Telefon läutete. Halb abgewandt nahm er das Gespräch an.

»Was? … Nein, nein …«

Bergmann legte instinktiv die freie Hand auf die Magengegend. Theo nickte Ricky zu.

»Das ist noch keine offizielle … Ich wollte … Was? Meinetwegen.«

Er legte auf. Sein Gesicht war etwas grauer geworden.

»Sie tun mir wirklich leid, Chefinspektor«, sagte Theo. »Warum machen Sie es nicht wie die anderen Beamten? Sie probieren einfach nichts mehr, das Ihnen ohnedies nicht gelingt, und dafür fällt ab und zu eine hübsche Russin für Sie ab, die Ihnen vorgaukelt, Sie wären ein toller Hengst. Die Aufklärung von Verbrechen überlassen Sie einfach dem freien Markt.«

Bergmann ging zur Tür.

»Sparen Sie sich Ihre Häme«, sagte er. »Vielleicht bin ich die einzige Chance, die ihr beide noch habt.«

»So wie Sie damals die einzige Chance waren, die mein Onkel noch hatte?«

Bergmann war draußen.

»Und jetzt?«, sagte Ricky.

»Du brauchst eine Waffe«, sagte Theo. »Daran führt kein Weg mehr vorbei.«

Ricky hatte das Gefühl, dass er nie wieder von Theos Liege hochkommen würde.

»Kommt nicht in Frage«, sagte er.

21

»Hier also wohnt der Mann, der ganz und gar nicht vögeln kann.«

Mit Nordpols Stimme im Ohr erwachte Ricky aus einem fiebrigen Nachmittagsschlaf in seiner kleinen Wohnung. Nein, Nordpol war kein böser Traum. Ihre Stimme klang amüsiert. In ihrem langen schwarzen Mantel stolzierte sie zwischen seiner Duschkabine, dem Küchenblock und dem Bett hin und her. Kattus, Gummi, Heinz und Löwe waren auch gekommen. Sie hatten ihre Gewehre auf ihn angelegt. Ricky lag nur da und bewegte sich nicht. Er bemerkte, dass jemand die Jalousien geschlossen hatten.

»Die Polizei beschattet mich«, sagte er.

Nordpol fuchtelte mit ihrer Pistole vor seinem Gesicht herum.

»Sieh an. Er hat seine Stimme wieder, der junge Mann. Glaubt er etwa, dass er uns drohen kann?«

Sie lachte und sah ihre Begleiter beifallheischend an.

»Du bist eine Poetin, Nordpol«, sagte Kattus.

Alle fünf wirkten vergnügt.

»Es war keine Drohung, sondern nur eine Warnung«, sagte Ricky.

»Du machst mich vor Angst erbeben, das kostet dich dein Leben.«

Lachend zielte Nordpol zwischen seine Augen. Kattus, Gummi, Heinz und Löwe applaudierten.

»Wir bringen ihn jetzt einfach um, dann schaut er dumm«, sagte Kattus.

Nordpol hielt inne und trat nahe an Kattus heran.

»Die Dichterin hier bin einzig ich, merke dir das, sonst straf ich dich.«

Sie richtete ihre Waffe wieder auf Ricky.

»Los jetzt. Die Kurse«, sagte sie.

Ricky bemerkte den Laptop neben seinem eigenen Computer.

Die Schwäche von Profis war ihre Arroganz, dachte Ricky. Pandis Truppe war offensichtlich arrogant, sonst würde sie nicht glauben, die Stadt regieren zu können. Er musste kämpfen. Sie würden nicht damit rechnen. Sie hielten ihn für ein Weichei. Er hatte vielleicht nur 0,1 Prozent Chance zu gewinnen, aber das war noch immer mehr, als wenn er Nordpol und ihre Gehilfen tatenlos gewähren ließ. In diesem Fall würde seine Chance bei null Prozent liegen.

Mit einem gewaltigen Satz sprang er aus dem Bett. So viel Schnellkraft hätte er sich selbst nicht zugetraut. Er krachte gegen den Küchenblock, stieß sich ab und hechtete an der Duschkabine vorbei zur Wohnungstür. Ehe er sie aufreißen konnte, wuchs wie durch Zauberei Gummi vor ihm aus dem Boden. Nach kurzem Handgemenge schleppten sie ihn zum Bett zurück. Sie waren viel zu schnell für ihn. Sie stopften ihm eine Socke in den Mund und fesselten ihn an sein Bücherregal.

Schwerer Fehler, ihr Dummköpfe, dachte er. Er hatte einen Vorteil. Sie befanden sich in seiner Wohnung. Es war sein Territorium. Er wusste zum Beispiel genau, was passieren würde, wenn er an dem Regal riss. Es schien fest in die Wand eingelassen zu sein, aber er hatte es nie geschafft, die langen Eisenschrauben so im porösen Mauerwerk zu verankern, dass sie hielten. Sie steckten relativ locker in der Wand. Ein kräftiger Ruck.

Als Erstes stürzte sein Aktenkoffer herunter, der ganz oben gelegen war. Der billige Koffer hatte einmal ein komplettes Besteckset enthalten, das ihm seine Mutter beim Auszug geschenkt hatte. Jetzt knallte er auf den Boden, die rechte Schnalle sprang ab, und seine Dokumente, die er darin aufbewahrte, verteilten sich am Boden. Bücher und CDs folgten. Kattus sah Ricky verwundert an.

»Was ist mit dem heute los?«, fragte er.

Die anderen kümmerten sich nicht um ihn. Kattus prüfte die Stabilität des Regals und befand alles für in Ordnung.

»Bleib ruhig«, sagte er zu Ricky. »Es bringt dir nichts, wenn du Schwierigkeiten machst. Ist nur nutzlos vergeudete Energie.«

»Wie spät?«, sagte Nordpol.

Ricky dachte an die Schnellkraft, die er eben im Bett entwickelt hatte. Durch die Nase holte er tief Luft. Im nächsten Moment kippte der Boden auf ihn zu. Er warf sich mit aller Kraft nach rechts, damit das Regal auch noch den Laptop der Gangster erwischte. Das Regal würde mit seinem Gewicht die Wucht seines Aufpralls verdoppeln, und er hatte nur sein Gesicht, um ihn abzufangen. Aber alles war besser als diese Gedichte, die sich immer irgendwie auf seinen Tod reimten. Und dann noch Kattus' kollegiale Tipps.

Der Laptop knirschte, als die rechte Seite des Regals daraufknallte. Kurz blieb es an der Tischkante hängen, dann krachte es herunter, und Ricky verlor das Bewusstsein.

Als er wieder zu sich kam, dachte er im ersten Moment, dass es Morgen war und er einfach nur geschlafen hatte. Seine Kopfschmerzen fühlten sich so ähnlich wie nach einer durchzechten Nacht an. Bloß all das Zeug ringsum verwirrte ihn. Vor allem seine Geburtsurkunde, auf die Blut aus seiner Nase tropfte.

Erst jetzt begriff er, dass er noch immer ans Bücherregal gefesselt war. Aus einer Wunde an seiner Hand sickerte ebenfalls Blut. Er hatte sich an einer Scherbe geschnitten. Eine Vase mit grünen Fischen auf blauem Glas war zu Bruch gegangen. Angela hatte sie ihm einmal zum Geburtstag geschenkt.

Er konnte nicht lange bewusstlos gewesen sein. Doch das düstere Überfallkommando hatte sich mitsamt dem demolierten Laptop in Luft aufgelöst. Er wollte um Hilfe rufen, doch er war noch immer geknebelt. Da hörte er Schritte. Glas knirschte. Jemand trat neben ihn.

»Ich nehme dir jetzt den Knebel ab.«

Es war Ana.

»Du musst aber leise sein«, sagte sie. »Vielleicht sind sie noch irgendwo.«

Sabber floss aus Rickys Mundwinkel auf sein Abschlusszeugnis, und an seinen Lippen klebten winzige Glassplitterchen.

»Ana«, sagte er. »Ich glaube, ich liebe dich.«

»Männer«, knurrte sie, »in jeder Situation immer nur das eine im Kopf. Denkst du etwa, du bekommst mich mit der hilflosen Masche herum?«

Mit einem Springmesser schnitt sie seine Fesseln durch.

»Nein, Ana«, sagte Ricky. »Ich glaube, ich –«

»Halt den Mund, du Trottel«, sagte sie. »Du hast ja keine Ahnung.«

»Danke«, sagte er. »Du hast mir das Leben gerettet.«

»Wenn jemand dein Leben gerettet haben sollte, dürftest du es selbst gewesen sein«, sagte sie. »Ich war bloß zufällig im Haus, als ich Lärm gehört habe.«

Rickys Stirn schmerzte, seine Brust und seine Knie waren ebenfalls arg mitgenommen.

»Was hast du im Haus getan?«, fragte er.

Jemand klopfte draußen an die offene Tür. Ricky beruhigte sich. Menschen, die an offene Türen klopften, waren harmlos. Von draußen hörte er eine Frauenstimme.

»Hallo?«

Ana sah ihn an.

»Erwartest du Besuch?«

Ricky versuchte, den Kopf zu schütteln, aber es gelang ihm nicht. Seine Zunge fühlte sich geschwollen an. Er hatte noch den ekelhaften Geschmack des Knebels im Mund. Er war froh, dass die Gangster wenigstens eine unbenutzte Socke verwendet hatten.

»Darf ich hereinkommen?«

Es war Lisa. Sie redete von draußen mit ihm, offenbar weil er sie noch nicht zum Eintreten eingeladen hatte. So viel Höflichkeit hätte ihr Ricky gar nicht zugetraut.

»Ich meine, die Tür steht offen«, sagte Lisa. »Ich wollte nur nach dir sehen. Wir hatten irgendwie keinen guten Start und so, aber dann dachte ich, ich schaue einfach mal vorbei. Irgendwie ist es ja süß von dir, dass du dir all das mit dem Ferrari und der Wohnung überlegt hast, um mich zu beeindrucken.«

Jetzt kam Lisa doch herein. Ricky konnte sie nicht richtig sehen. Er lag noch immer am Boden. Er war nicht mehr gefesselt, aber er war unsicher, was passieren würde, wenn er sich bewegte. Er nahm Lisa nur aus den Augenwinkeln im Türstock wahr. Er hörte aber, wie ihr der Atem stockte.

»Was …?«

»Nichts«, sagte Ricky.

Seine Stimme klang viel undeutlicher als gerade eben, als er mit Ana gesprochen hatte.

»Ich habe bloß eine heiße Nacht hinter mir«, sagte er.

Er hörte Splitter unter Lisas Schritten knirschen. Sie entfernten sich. Einmal hielt Lisa noch inne. Anscheinend wollte sie noch etwas sagen, überlegte es sich aber wieder anders und war weg.

Ricky sah sich nach Ana um. Ana war ebenfalls weg. Unter ihren Schritten hatte nichts geknirscht.

Toll, dachte er und rappelte sich auf. Das wurde ja immer besser. Aber diesmal hatten die Gangster gleich zwei Fehler gemacht. Vielleicht waren sie wirklich arrogant. Sie hatten nicht mit seiner Gegenwehr gerechnet. Und sie hatten ein Wort gebraucht, das ihm zu denken gab: »Kurse«. Vielleicht wollten sie ihn auch diesmal nur wissen lassen, was er wissen sollte, aber das glaubte er nicht, und außerdem war es egal. »Kurse«. Was bedeutete das in Zusammenhang mit Mammut und den Zahlen, von denen sein Leben abhing? Sein eigener Computer war noch intakt. Er fuhr ihn hoch. Mammut. Kurse. Nach einer Weile rief er Theo an.

»Sie waren da«, sagte Ricky.

»Scheiße. Hast du es endlich hinter dir?«

»Wie meinst du das?«

»Haben sie dir den blöden Finger endlich abgesäbelt?«

»Nein, ich glaube, ich habe sie fertiggemacht.«

»Ehrlich gesagt, Ricky … aber egal, ich bin gleich bei dir. Ich muss mich nur noch ein bisschen in Schuss bringen. Ich habe heute Nacht Dienst.«

Ricky wollte nicht warten.

»Ich komme zu dir raus.«

Er fuhr den Ferrari inzwischen tatsächlich so selbstverständlich wie den Fiat seiner Mutter. Praterstern, Reichsbrücke, Kaisermühlen. Er fuhr, ohne darüber nachzudenken. Er dachte weder über das Fahren noch über irgendetwas anderes nach. Seine neue Erkenntnis lähmte sein Gehirn.

Er parkte den Wagen vor Theos Hütte. Theo stand in Boxershorts auf seiner Terrasse und beobachtete die Schwäne, während drinnen »We Are the People« lief.

»Diese scheiß Schwäne«, sagte er. »Die können richtig aggressiv werden. Ich kenne einen, der schießt sie nachts mit einem Gewehr mit Schalldämpfer ab. Man muss sie in den Kopf treffen, sonst bringt es nichts. Der Körper besteht aus lauter Gefieder. Die jungen schmecken nicht schlecht, meint er. Er schießt auch die jungen Biber. Hast du dir mal das Ufer ringsum angesehen? Überall abgenagte Baumstümpfe. Die jungen Biber schmecken angeblich auch nicht schlecht.«

Ricky hörte ihm nicht zu. Er kannte Theos Vorträge über die Schwäne und Biber schon. Er hatte ihn im Verdacht, dass er selbst der Stadtwilderer mit dem Gewehr und dem Schalldämpfer war, von dem er immer redete. Aber das war ihm jetzt egal.

»Weißt du, wovon verdammt noch mal mein Leben abhängt?«, sagte er.

»Davon, dass du endlich irgendeine Frau vögeln kannst?«

»Bitte hör auf mit dem Scheiß. Ich bin wirklich nicht zum Scherzen aufgelegt. Mein Leben hängt von einem beschissenen Börsenkurs ab«, sagte Ricky.

»Was?«

»Mit dieser Investmentgesellschaft namens Mammut sind wir richtiggelegen«, sagte Ricky. »Aber bei den Zahlen geht es nicht um Körpertemperatur, sondern um Börsenkurse.«

Theo vergaß die Schwäne und sah ihn an.

»Die Investmentgesellschaft Mammut notiert an der Börse«, sagte Ricky. »Das heißt, dass es Mammut-Aktien gibt. Jeder Mensch kann sich solche Aktien kaufen. Je nachdem, wie gut die Firma dasteht und wie sich die Konjunktur entwickelt, sind die Aktien mehr oder weniger wert.«

»Danke«, sagte Theo. »Ich weiß, was ein Börsenkurs ist.«

Die Tragweite seiner Erkenntnis kam Ricky selbst erst jetzt richtig zu Bewusstsein. Er lehnte sich mit dem Rücken vorsichtig an das wackelige Geländer der Terrasse. Er fühlte sich ohnmächtig.

»Die Wiener Börse schließt immer um siebzehn Uhr dreißig«, sagte Ricky. »Genau zu dem Zeitpunkt, zu dem ich immer überfallen wurde. Um siebzehn Uhr dreißig stehen die Schlusskurse der Aktien für den betreffenden Tag fest. Beim ersten Überfall am Montag und beim zweiten am Dienstag haben sie immer bis genau siebzehn Uhr dreißig gewartet. Vor zwei Wochen hat das Wirtschaftsblatt einen kleinen Bericht darüber gebracht, dass es bei zwei wichtigen Patenten von Mammut Verzögerungen gibt. Davor lag der Kurs der Aktie immer stabil über fünfzig Euro, danach kam er ins Trudeln. Sinkt er auf 36,7 Euro, schneiden mir Pandis Leute einen Finger ab. Sinkt er auf 36,5 Euro, schneiden sie mir zwei ab. Sinkt er auf sechsunddreißig Euro, bringen sie mich um.«

Theo streifte seine Jeans über.

»Ohne Scheiß?«, sagte er.

»Ich habe nachgesehen«, sagte Ricky. »Ich hatte bisher verdammtes Glück. Der Kurs lag zweimal bei 36,7. Alles passt zusammen, und zwar diesmal wirklich.«

»Das ist total irre«, sagte Theo. »Jetzt müssen wir bloß noch herausfinden, was du mit dem Börsenkurs der Mammut-Aktie zu tun hast.«

»Die Frage ist nicht, was ich mit der Mammut-Aktie zu tun habe, sondern was Gerd Leitgeb damit zu tun hat. Und der könnte eine ganze Menge damit zu tun haben. Leute, die Lebensversicherungen verkaufen, verkaufen auch andere Finanzprodukte.«

Theo sah ihn mit offenem Mund an.

»Okay«, sagte er. »Du kannst in meiner Detektei auch als Seniorpartner einsteigen. Du denkst, und ich schieße.«

Ricky sah Theo ruhig an.

»Die Frage ist vor allem, was in der Tasche war«, sagte er. »Oder besser, wie viel darin war. In voller Zahl, das kann tatsächlich nur Geld bedeuten. Ich muss Leitgeb finden.«

Ricky begriff, dass er Hilfe brauchte. Je mehr Informationen er über die Sache sammelte, desto klarer wurde ihm, dass sich das Problem nicht von selbst lösen würde und dass auch er und Theo es nicht lösen konnten. Er nahm den Autoschlüssel aus der Tasche und ging zur Terrassentür.

»Wohin willst du?«, fragte Theo.

»Ich muss nachdenken«, sagte Ricky.

»Okay«, sagte Theo. »Ich besorge inzwischen Munition.«

22

Ricky fühlte sich fremd in der Redaktion. Es kam ihm vor, als wäre er monatelang nicht mehr hier gewesen. Der Spiegel der vertrauten Umgebung ließ ihn doppelt deutlich erkennen, wie sehr sein Leben in den vergangenen Tagen durcheinandergeraten war. Mit gesenktem Blick ging er an der Ecke der Layouter vorbei, die wie alle anderen Arbeitsplätze durch Glaswände abgetrennt war. Den obligatorischen Sprüchen entging er trotzdem nicht.

»Du hältst es wohl nicht aus ohne uns?«

»He, Ricky, ist dir langweilig geworden?«

»So schön wie im Büro ist es eben nirgends.«

Lachen. Schulterklopfen.

Lisa kam ihm entgegen. Er setzte ein schiefes Lächeln auf.

»Hallo, Lisa.«

Lisa ignorierte ihn. Wortlos bog sie ab, ehe sie aneinander vorbeigegangen wären. Lisa und er, daraus würde nichts mehr werden. Auch egal, dachte er. Er hatte wirklich andere Probleme. Er sah ihr nach, und es war eine Art Abschied. Auf ihre spezielle Schönheitsoperation hatte sie offenbar verzichtet, dachte er, sonst wäre sie breitbeiniger gegangen.

Ricky mochte Albin Fischer nicht besonders. Der hagere Redakteur mit den langen schwarzen Haaren und den kragenlosen Hemden hatte trotz seiner Jugend schon einige Erfolge verzeichnet und war rasch vom unnahbaren Neuling zum leicht blasierten Karrierejournalisten geworden. Er hatte die Füße auf den Tisch gelegt und telefonierte. Ricky ließ er warten. Als Fischer endlich aufgelegt hatte, klang er unwirsch und misstrauisch.

»Ich dachte, du hast Urlaub?«

»Ich brauche einen Kontakt zur Polizei«, sagte Ricky.

Fischer stand auf und ging zur Kaffeeküche. Ricky blieb nichts anderes übrig, als hinter ihm herzueilen. Aus irgendeinem Grund kam er dabei ganz außer Atem, obwohl Fischer mit gemessenen Schritten ging.

»Was ist das für eine Sache mit dir und Damian Bergmann?«, fragte Fischer. »Sollte ich mich vielleicht näher dafür interessieren, oder kostet dich das deinen Job?«

Obwohl sie etwa gleich alt waren, behandelte ihn der Journalist von oben herab. Aber es stimmte offenbar, dass Fischer gute Kontakte zur Polizei hatte. Bergmann hatte bereits mit ihm gesprochen. Die hochmütige Behandlung machte Ricky nichts. Er war nun einmal ein unscheinbarer Typ und hatte damit zu leben gelernt. Mehr störte ihn, dass er an Bergmann offenbar nicht vorbeikommen würde. Er hatte auf ein Gespräch mit einem Beamten gehofft, der einen professionelleren und distanzierteren Zugang zu seinem Fall finden würde als Bergmann. Daraus würde wohl nichts werden. Womit er sich wahrscheinlich abfinden musste.

»Was hat dir Bergmann erzählt?«, fragte Ricky.

Fischer ignorierte die Frage. Er nahm sich heißes Wasser für seinen Pfefferminztee.

»Ich würde gern mit Bergmann außerhalb des Protokolls reden«, sagte Ricky. »Glaubst du, das geht?«

Wortlos schlurfte Fischer mit seinem Tee zurück zu seinem Platz. Ricky folgte ihm abermals. Ehe er nachhaken konnte, läutete Fischers Telefon schon wieder. Mit dem Handy am Ohr riss der Journalist leicht genervt einen Zettel von einem Block, schrieb etwas darauf und reichte ihn Ricky. Es war Damian Bergmanns Handynummer. Fischer hielt sein Handy vom Ohr weg.

»Ich gebe ihm Bescheid«, sagte er.

23

In Damian Bergmanns Vorzimmer saß eine Frau mit slawischem Einschlag. Das Spiegelbild in ihren Brillengläsern zeigte Ricky, dass sie am Computer gerade Patiencen legte.

»Der Chefinspektor ist nicht da«, sagte sie.

Ricky wartete auf einer Bank am Gang. Die Wände trugen die Spuren von mehreren Generationen Polizeiarbeit. Das Tageslicht drang nur matt durch die hofseitigen Fenster herein. Die Grünlilien auf den Fensterbrettern sahen aus, als stünden sie dort, um in den Tod zu springen.

Nach zwanzig Minuten trat Bergmann grußlos zu ihm.

»Ihr feiner Kompagnon ist nicht mitgekommen?«, fragte er.

»Er hat mit der Sache nichts zu tun.«

Bergmann führte ihn in sein Büro. Als Erstes fiel Ricky ein Foto auf. Es hing in einem billigen golden glänzenden Rahmen an der Wand neben dem Schreibtisch, umgeben von anderen kleineren Aufnahmen. Es zeigte Bergmann und den neuen Polizeichef. Ricky hatte bisher nur Porträtfotos von dem Mann gesehen. Jetzt bemerkte er, dass dem Polizeichef an der rechten Hand zwei Finger fehlten.

»Was ist mit seinen Fingern passiert?«, fragte Ricky.

»Was?«

Bergmann warf einen Blick auf das Bild.

»Die hat ihm ein Lama abgebissen. Nein. Keine Ahnung«, sagte er. »Er macht sich einen Spaß daraus, jeden Tag eine neue Geschichte darüber zu erfinden. In Wirklichkeit war es wahrscheinlich etwas Langweiliges. Als Kind in den Rasenmäher gegriffen oder so was. Was wollen Sie von mir?«

»Ich wollte sozusagen außerhalb des Protokolls mit Ihnen sprechen«, sagte Ricky. »Ist das möglich?«

»Warum sollte ich das tun?«

»Weil Sie Informationen bekommen, die vielleicht interessant für Sie sind.«

»Dann schreiben Sie mir einen anonymen Brief.«

»Okay. Ich denke darüber nach.«

Ricky wandte sich zur Tür.

»Schießen Sie los«, sagte Bergmann.

Ricky zögerte. Die fehlenden Finger des Polizeichefs gaben ihm zu denken. Womöglich regierte Pandi auch die Wiener Exekutive. Aus irgendeinem Grund vertraute er Bergmann dennoch. Vielleicht lag es an dem Magenleiden, das er anscheinend hatte. Ein Mann mit Gerechtigkeitssinn musste bei einer von kriminellen Kräften unterwanderten Polizei Magenprobleme bekommen. Unter dem strengen Blick Bergmanns schilderte er die Überfälle auf ihn, doch der Chefinspektor wirkte unbeeindruckt.

»Sie müssen viel Selbstvertrauen haben«, sagte er. »Sonst wären Sie vielleicht auf die Idee gekommen, dass Ihre Beobachtungen gar nicht in den Kompetenzbereich der Polizei, sondern in den der Psychiatrie fallen.«

Bergmann hatte sich schon während Rickys Bericht erhoben. Er schlich nun wie ein Panther um ihn herum.

»Vier Männer und eine ältere Frau«, sagte er. »Sind Sie sicher, dass nicht noch eine sechste Person im Spiel ist? Eine jüngere Frau?«

Ana. Ricky hatte sie nicht erwähnt.

»Wissen Sie etwas über diese Leute?«, fragte er.

»Sie haben meine Frage nicht beantwortet.«

»Es waren fünf«, sagte Ricky.

Bergmann blieb neben ihm stehen.

»Warum strapazieren Sie Ihre dürftigen Beziehungen, um mir ein informelles Gespräch abzuringen, wenn Sie mich dann erst recht belügen? Ich wusste schon, dass Sie irgendwie ins Visier dieser Leute geraten sind.«

Ricky stand auf.

»Ich war auf der Suche nach Hilfe, nicht nach Problemen.«

Bergmann schnauzte ihn an.

»Bleiben Sie sitzen.«

Ricky zuckte die Schultern.

Bergmann lächelte schon wieder. Er nahm hinter seinem Schreibtisch Platz.

»Wie sind Sie auf das ›Orpheus‹ gekommen?«, fragte er.
»Wie auch immer«, sagte Ricky.
Bergmanns Telefon läutete. Er wies das Gespräch ab.
»Ich wette, ihr Freund Theo hat Sie darauf gebracht. Ich kann Sie nur warnen. Tun Sie in der Sache um keinen Preis etwas auf eigene Faust. Erstatten Sie Anzeige gegen unbekannt und geben Sie alles, was Sie wissen, zu Protokoll.«
»Und dann?«
»Dann kann ich Ihnen vielleicht helfen.«
Ricky stand abermals auf, diesmal ohne einen Einwand Bergmanns.
»Ich denke darüber nach, Chefinspektor«, sagte er.
»Sie glauben, dass Ihr Risiko ein Finger ist, nicht wahr?«, meinte Bergmann. »Täuschen Sie sich da bloß nicht. Ein abgeschnittener Finger ist in diesen Kreisen nur eine erste Warnung.«
»Danke für den Hinweis. Und was ist mit Ihrem Chef?«
»Wie kann ich Ihnen sonst noch helfen?«
Ricky erzählte Bergmann von Gerd Leitgeb. Theos und seine Hoffnung, den Mann zu finden und damit alles aufzulösen, hatte sich als unbegründet herausgestellt. Leitgeb war offenbar untergetaucht. Jedenfalls konnten sie ihn mit den ihnen zur Verfügung stehenden Mitteln nicht aufstöbern.
»Wie stellen Sie sich das vor?«, fragte Bergmann. »Die Polizei sucht für Sie einen Mann, damit Sie ihn einer Unterweltorganisation ausliefern und so Ihre eigene Haut retten können?«
»Dieser Mann hat Werner Pandi offenbar um eine hohe Summe betrogen.«
»Ach ja? Uns liegt keine Anzeige in der Sache vor. Kennen Sie Werner Pandi?«
Ricky machte eine vage Geste. Er war illegal in ein Gebäude eingedrungen. Hausfriedensbruch nannte man so etwas.
»Ich habe ihn einmal gesehen«, sagte er.
»Er sieht ganz nett aus, nicht wahr? Wie einer, der vielleicht bellt, aber niemals beißt. In diesem Punkt täuscht man sich aber leicht. Es gibt Serienmörder, deren eigene Ehefrauen sie für die liebenswürdigsten Kerle gehalten haben, während sie dutzend-

weise Menschen massakriert haben. Pandi macht jedenfalls seine Gesetze selbst, und er exekutiert sie auch selbst.«

Ricky gingen die fehlenden Finger des Polizeichefs nicht aus dem Kopf.

»Angeblich hat Pandi ziemlich viel Einfluss auf die Polizei«, sagte er.

Bergmann verschränkte gedankenvoll die Hände im Nacken.

»Pandi ist geschickt. Wir konnten ihm noch nie etwas nachweisen. Nur aus diesem Grund ist er noch auf freiem Fuß.«

Ricky, der jetzt im Raum auf und ab ging, blieb direkt vor Bergmann stehen.

»Was genau konnten Sie ihm bisher nicht nachweisen?«

Der Chefinspektor lächelte milde.

»Mord«, sagte er, »in mehreren Fällen.«

Ricky schluckte.

»Noch etwas«, sagte Bergmann. »Nur für den Fall, dass Sie Ihr Herz für die junge Dame entdeckt haben, die Sie mir eben verschweigen wollten. Bei ihr sollten Sie doppelt vorsichtig sein. Sie ist nicht nur kriminell, sie ist auch völlig wahnsinnig.«

24

Ricky verarztete seine Wunden, die er nach dem Absturz mit dem Bücherregal nur notdürftig versorgt hatte. Er hatte Schrammen an der Stirn, an der Nase, an der rechten Wange und an seiner rechten Hand. Theo saß an seinem Computer und betrachtete den Kurs der Mammut-Aktie. Das Fenster stand offen. Die Sonne machte die Blätter des Efeus hellgrün und durchscheinend. Hier, an der Rückseite des Hauses in der Westbahnstraße, war es windstill.

»Ich fürchte, ich habe noch eine unangenehme Nachricht für dich«, sagte Theo.

»Hat das bis morgen Zeit? Für heute reicht es mir.«

»Eben nicht«, sagte Theo. »Wenn deine Verfolger wirklich vom Kurs der Aktie gesteuert sind, wird die Zeit ziemlich knapp.«

»Wieso?«

»Der Börsenkurs ist ursprünglich abgestürzt, weil es Gerüchte über einen schlechten Geschäftsgang bei Mammut gab. Wackelnde Patente, du weißt schon. Übermorgen gibt es eine Pressekonferenz. Wenn die Firmenchefs die ungünstigen Prognosen bestätigen, sackt der Kurs endgültig ab. Dann hast du entweder die blöde Tasche gefunden oder dich unsichtbar gemacht.«

Ricky warf einen Blick in den Spiegel. Manchen Leuten standen Schrammen vielleicht. Sie sahen damit verwegen aus, als hätten sie sich mit Gangstern angelegt und es ihnen richtig gezeigt. Bei ihm funktionierte das nicht. Er sah mit seinen Schrammen aus wie ein Langweiler, der von den angesagten Jungs Prügel bezogen hatte.

»Eine Pressekonferenz?«, sagte er. »Das fehlte mir gerade noch.«

»Was tun wir?«, fragte Theo.

»Ich denke nach. Aber ich glaube, es reicht mir jetzt mit diesen blöden Spielchen«, sagte Ricky. »Dieser Werner Pandi kann mich am Arsch lecken. Was soll das? Ich bin nicht Gerd Leitgeb. Er soll mich in Ruhe lassen.«

»Ganz deiner Meinung«, sagte Theo.

Heulen oder Kämpfen, dachte Ricky. Der Unterschied zwischen Verzweifeln und Hoffen lag im Handeln. Er brauchte einen Plan.

Am Abend füllte er Reis und Wasser in den Dampfgarer und schnitt auf der Arbeitsplatte seines Küchenblocks Lauch, Zucchini und gelbe Paprika. Dabei dachte er nach. Er hatte jetzt einen Vorteil. Er konnte die Überfälle vorhersagen. Der Mammut-Kurs war die neue Fieberkurve seines Lebens. Viel besser machte das seine Lage aber nicht. Er fühlte sich ausgeliefert. Er war ein Spielball von etwas, das ihn nichts anging. Er hasste dieses Gefühl noch mehr als die Gefahr.

Er würgte den Reis und das Gemüse mit einem großen Glas Wasser hinunter. Danach setzte er sich auf den Fauteuil zwischen seinem Schreibtisch und seinem Bett. Er wollte wenigstens die Zusammenhänge verstehen. Vermutlich lag es auf der Hand, was vor sich ging, und er konnte bloß keinen klaren Gedanken fassen. Sein Kopf sank nach hinten, und er schlief ein. Erst gegen Mitternacht wachte er wieder auf. Zeit zu handeln, dachte er in dem Moment, in dem er die Augen aufschlug.

Er wusch sich das Gesicht, streifte die Lederjacke über und fuhr los. Diesmal parkte er nicht versteckt in der Unterführung, sondern fuhr mit dem Ferrari auf den Parkplatz vor dem »Orpheus«. Er tat es so, dass ihn garantiert niemand übersehen konnte. Er drehte zwei Extrarunden zwischen den Reihen der geparkten Autos und ließ den Motor kreischen, als er den Ferrari auf einen freien Platz stellte. Er rückte seine Jacke zurecht, fuhr sich durchs Haar und ging quer über den Kies zum Haupteingang des Rotlichttraktes, in dem sich Pandis Büro befand. Hinter der verspiegelten Eingangstür folgte eine zweite. In der Schleusenkammer dazwischen blickte er ins Auge einer Videokamera. Die letzte Barriere surrte vor ihm zur Seite. Er stand an einer Rezeption, die ihn wie zuletzt das obere Stockwerk an ein gutes Hotel erinnerte.

»Sagen Sie Herrn Pandi bitte, dass ihm Gerd Leitgeb etwas bringen möchte.«

Die Empfangsdame zupfte unbehaglich an ihrem Nadelstreifenjackett, ohne dabei ihr Lächeln zu verlieren.

Ricky hob die Tasche, die er in der rechten Hand trug. Es handelte sich um seinen schwarzen Aktenkoffer, dessen rechte Schnalle seit dem Absturz vom Bücherregal nicht mehr richtig schloss. Das Besteckset, zu dem er einmal gehört hatte, hatte sicher nicht mehr als 99,90 Euro gekostet, dachte Ricky, aber er fand, dass man ihm das nicht ansah.

»Bitte warten Sie einen Augenblick«, sagte die Empfangsdame. »Ich frage nach.«

Ricky vertrat sich auf den dicken Teppichen die Füße. Eine etwas blasse blonde Frau trat mit artigem Gruß zu ihm.

»Ich heiße Anatevka«, sagte sie. »Ich habe dich hier noch nie gesehen. Wenn du willst, zeige ich dir alles.«

Ricky fühlte sich geschmeichelt. Er hatte ein schlechtes Gewissen, als er Anatevkas Angebot ausschlug.

»Ich bin in einer geschäftlichen Angelegenheit hier«, sagte er.

Sie lächelte.

»Das sind wir doch alle, nicht wahr?«

Ricky wurde rot.

»Wirklich … es ist wegen einem Börsengeschäft. Ich muss den Chef sprechen.«

Anatevka redete ganz leise.

»Schade«, sagte sie. »Mit dir hätte es wirklich Spaß gemacht.«

Ricky betrachtete Anatevka. Sie schenkte ihm einen offenen Blick aus blassblauen Augen. In jeder anderen Umgebung wäre er sicher gewesen, dass sich dieses Mädchen eben in ihn verliebt hatte. Wer keine Illusionen mehr von sich und der Welt hatte, konnte sich hier offenbar welche kaufen.

»Herr Pandi erwartet Sie«, sagte die Empfangsdame.

Auf ihren Wink hin begleitete ihn Anatevka zu einem Aufzug. Hinter dessen goldener Tür drang gedämpfte Barmusik aus unsichtbaren Lautsprechern. In der Ecke stand wieder ein Biedermeierstuhl mit einem silbernen Sekteimer darauf.

An dem niedrigen Gitter vor dem Verwaltungsgang stand

jetzt ein Mann in einem schwarzen Zweireiher. Er trug spitze Schuhe, die seine Füße mindestens doppelt so lang wie die eines normalen Menschen aussehen ließen. Der Mann nickte Anatevka zu und schenkte Ricky ein blitzendes Haifischlächeln. Während Anatevka zurückblieb, führte er Ricky zu Pandis Büro. Drinnen baute er sich links neben der Tür auf, als Ricky in den Raum tappte.

Diesmal leuchteten alle Kandelaber. So erinnerte Ricky der Raum an einen riesigen Abstellplatz für Antiquitäten. Der Platz hinter dem Schreibtisch war leer, doch Ricky nahm eine Bewegung an einem der großen Fenster wahr. Hinter dem Fenster schimmerte die Donau. Mit zusammengekniffenen Augen starrte Ricky auf ihr nachtblasses Band. Er konnte sich nicht vorstellen, dass das dieselbe Donau war, die er bisher gekannt hatte. Pandi ging zu seinem Schreibtisch. Ricky brach das Schweigen.

»Kennen Sie mich?«, fragte er.

»Interessante Frage«, sagte Pandi. »Kommt es darauf an?«

Ricky spürte Zorn in sich aufwallen.

»Haben wir je miteinander zu tun gehabt?«, fragte er.

»Du wolltest mir etwas bringen, dachte ich.«

Ricky stellte seinen Aktenkoffer auf Pandis Schreibtisch und drehte ihn mit den Schnallen zu ihm.

Pandi nickte anerkennend.

»Forsch, junger Mann«, sagte er.

Pandi saß jetzt mit verschränkten Armen in seinem Drehstuhl.

»Ich bin wirklich gespannt, was auf den beiden Zettelchen in deinem Koffer steht.«

»Auf den Zettelchen?«

»Wir haben das im Aufzug gecheckt. Nur zur Sicherheit.«

Ricky klappte den Koffer auf. Darin lagen sein Lebenslauf mit Foto und seine etwas fleckig gewordene Geburtsurkunde.

»Ich weiß, worauf du hinauswillst«, sagte Pandi. »Du willst Gerechtigkeit. Du hast Argumente. Nur bringt dich das nicht weiter.«

»Ich bin vierundzwanzig Jahre alt«, sagte Ricky, »ich habe

ein paar Semester Geschichte studiert, arbeite jetzt als Layouter beim Report und hatte noch nie in meinem Leben etwas mit einer Firma namens Mammut, mit Aktienspekulationen oder mit irgendeiner anderen Form von Geldgeschäften zu tun. Ich wusste bis vor ein paar Tagen noch nicht einmal, dass eine Firma namens Mammut überhaupt existiert.«

Pandi antwortete nicht. Im Raum herrschte absolute Stille. Ricky hatte das Gefühl, den Atem des Kerls in den spitzen Schuhen an der Tür zu hören, obwohl der ganze weitläufige Raum zwischen ihnen lag.

»Ihre Leute verwechseln mich mit einem Mann namens Gerd Leitgeb«, sagte Ricky. »Offenbar schuldet Ihnen Herr Leitgeb etwas. Das tut mir leid für Sie und für Herrn Leitgeb. Aber ich schulde Ihnen nichts. Verursacht hat die Verwechslung irgendein Dummkopf, der ein Foto von mir geschossen hat, als ich gerade irrtümlich in den Ferrari steigen wollte, den Leitgeb früher regelmäßig gemietet hat. Verstehen Sie das? Es handelt sich um eine Verwechslung.«

Pandi gähnte verhalten.

»Wie gesagt weiß ich, worauf du hinauswillst«, sagte er.

»In Ordnung. Dann wäre das geregelt?«

Pandi betrachtete seine Fingerspitzen.

»Ich kann dir dazu nur eines sagen«, sagte er.

Danach legte er eine Pause ein. Sie war so lang, dass Ricky dachte, Pandi habe ihn vergessen. Schließlich ging ein Ruck durch den Körper des Mannes, und er fuhr fort.

»Erfülle die Vereinbarung«, sagte er.

»Ich kann diesen Blödsinn nicht mehr hören«, sagte Ricky.

»Du hättest dir den Besuch hier sparen können«, sagte Pandi. »An der Sache kannst du nichts ändern, und meine Meinung über dich habe ich mir auch schon gebildet.«

»Ach ja?«

»Meiner Meinung nach bist du ein kleines Arschloch«, sagte Pandi.

Ricky meinte, von der Tür her ein Kichern zu hören.

»Ich kann es mir leisten, mich von Ihnen ein Arschloch nennen zu lassen«, sagte Ricky. »Sie könnten es sich nicht leisten, wenn ich Sie ein Arschloch nennen würde. Dann müssten Sie dramatische Dinge tun, um nicht den Respekt Ihrer Leute zu verlieren.«

»Alle Achtung«, sagte Pandi. »Du hast schon einiges kapiert.«

Ricky wurde schon wieder zornig.

»Dabei sind definitiv Sie das Arschloch«, sagte er.

Pandi lachte.

»Ich verstehe euch junge Leute manchmal nicht. Da kommt ihr zu einem durchaus logischen Schluss, und dann tut ihr genau das Gegenteil. Ich war nie so. Ich habe immer eisern die Konsequenzen aus meinen eigenen Schlussfolgerungen gezogen. Sonst hätte ich niemals aufbauen können, was ich aufgebaut habe – ein perfekt funktionierendes Dienstleistungsunternehmen.«

Pandi schickte den Mann an der Tür mit einem Wink hinaus. Danach erhob er sich wieder, um Runden durch sein geräumiges Arbeitszimmer zu ziehen, immer die gleiche Distanz zu Ricky haltend.

»Du bist inkonsequent, aber wenigstens nicht dumm«, sagte Pandi. »Mit dem Respekt bist du nahe am Punkt. Deshalb will ich dir ein bisschen auf die Sprünge helfen, obwohl ich den Eindruck hatte, das in den vergangenen Tagen schon ausreichend getan zu haben. Ich weiß natürlich, dass du Opfer einer Verwechslung wurdest, bloß ändert das nichts. Denn hier geht es nicht um Schuld oder Unschuld, sondern, wie du schon erraten hast, um Respekt.«

»Vielleicht bin ich doch dumm«, sagte Ricky. »Jedenfalls kann ich Ihnen nicht folgen.«

Pandi blieb stehen und sah ihm aus sechs Metern Entfernung in die Augen.

»Dabei ist es ganz einfach«, sagte er. »Du musst nur eine Kleinigkeit besorgen, und schon ist deine Welt wieder so schön wie früher, falls sie es je war.«

»Und was wäre das für eine Kleinigkeit?«, fragte Ricky misstrauisch.

Pandi setzte seinen Rundgang fort. »Eine halbe Million«, sagte er. »Euro.«

Ricky schüttelte den Kopf.

»Eine halbe Million? Eine halbe Milliarde wäre für mich genau das Gleiche.«

»Als kleinen Trost kannst du hinterher Anatevka für eine ganze Nacht haben«, sagte Pandi. »Mir wurde berichtet, dass sie dir gefällt. Sie ist ein schlaues Mädchen. Hat in der Ukraine ein paar Semester Veterinärmedizin studiert und will dort irgendwann eine Tierarztpraxis aufmachen. Schau ihr in die Augen. Ist es dir schon aufgefallen? Sie kann dich ansehen, als hätte sie sich wirklich in dich verliebt.«

Ricky widmete Anatevka einen stillen wehmütigen Gedanken.

»Ich will mit Ihnen und Ihren Dienstleistungen nichts zu tun haben«, sagte er. »Erklären Sie mir lieber, was es mit dieser halben Million auf sich hat.«

Pandi ließ sich neuerlich an seinem Schreibtisch nieder.

»Ich bin vor aller Augen beschissen worden, und das ist auch eines von den Dingen, die ich mir wirklich nicht leisten kann«, sagte er.

Eines Tages war Gerd Leitgeb zu ihm gekommen, erzählte Pandi. Er hatte sich den Termin über einen inzwischen gefeuerten »Orpheus«-Mitarbeiter verschafft. Leitgeb wollte ihm ein Anlageprodukt verkaufen. Pandi lachte ihn aus. Er würde nur in seinen eigenen Betrieb investieren, hatte er gesagt. Auf keinen Fall in Dinge, mit denen er sich nicht auskannte. Leitgeb erzählte daraufhin von Mammut. Er argumentierte geschickt, was ihn Pandi sympathisch machte. Leitgeb zeigte durchs Fenster auf einen blauen Ferrari.

»Glauben Sie mir, ich bin nur ein kleiner Fisch in dieser Stadt, aber trotzdem gehört mir der einzige blaue 360 Spider, der hier herumfährt. Und warum? Weil ich selbst in Mammut investiere. Der Kurs steht jetzt bei 37, aber meiner bescheidenen Meinung nach steigt er noch auf mindestens das Doppelte.«

An dieser Stelle des Gesprächs war ein Bote in Pandis Zimmer getreten.

»Und was, wenn der Kurs sinkt?«, hatte Pandi gefragt.

Leitgeb hatte den Kopf geschüttelt.

»Er wird nicht sinken. Er wird steigen.«

Der Bote hatte Pandi fünfhunderttausend Euro in bar gebracht. Es war verborgtes Geld gewesen, das Pandi schon abgeschrieben hatte.

»In Ordnung«, hatte Pandi zu Leitgeb gesagt. »Ich setze eine halbe Million.«

Leitgeb hatte nicht mit der Wimper gezuckt, als Pandi das Bargeld, das sich in Form von Fünfern und Zehnern in einer braunen Tasche befand, zu ihm hinüberschob.

»Kluge Entscheidung«, hatte Leitgeb gesagt. »Ich komme morgen mit den Papieren.«

Doch Pandi hatte abgewinkt.

»Ich brauche keine Papiere. Nehmen Sie das Geld und investieren Sie es. Sinkt der Kurs, sind Sie tot.«

Leitgeb hatte sich weiterhin wie bei einem ganz normalen Geschäft benommen.

»Kurzfristige Ausschläge nach unten kann es natürlich geben«, hatte er gesagt.

Pandi hatte nicht lange nachgedacht.

»Gut, dann machen wir es so: Sinkt der Kurs auf 36,7 oder darunter, schneide ich Ihnen einen Finger ab. Sinkt er auf 36,5 oder darunter, schneide ich Ihnen einen weiteren Finger ab. Dann haben Sie Zeit, das Geld in voller Höhe zurückzubringen. Sinkt er auf 36 oder darunter und Sie bringen das Geld nicht am selben Tag zurück, sind Sie tot. Ist das in Ordnung für Sie?«

Leitgeb hatte einen Blick auf das Geld geworfen.

»Okay«, hatte er gesagt.

Durch eine Indiskretion hatte sich die Geschichte im Haus herumgesprochen. Nicht nur unter Mitarbeitern des »Orpheus«. Auch einige Stammkunden, die selbst gern investierten, hörten davon. Das Ganze wurde im eingeweihten Kreis zu einem beliebten Gesprächsthema. Alle verfolgten die Entwicklung des Mammut-Kurses wie eine gute Seifenoper. Als er zuletzt in Wellenbewegungen absackte, stieg die Spannung. Pandi erteilte seinen Leuten den Auftrag, sich an Leitgeb zu hängen und zuzuschlagen, wenn es so weit war. Er wusste nicht einmal mehr Leitgebs Namen.

»Findet einfach den einzigen Typen, der in dieser Stadt einen blauen Ferrari 360 Spider fährt«, hatte er gesagt.

»Haarfarbe und Statur hätten sogar gepasst«, beendete Pandi seinen Bericht. »Soweit ich mich erinnere, war er auch nur ein paar Jahre älter als du. War es das, was du wissen wolltest?«

Ricky nickte.

»Was ist mit Ana?«, fragte er.

»Keine Ahnung, wer das sein soll«, sagte Pandi.

»Ana arbeitet für Sie und bewacht mich, damit ich nicht abhaue.«

»Ich kenne keine Ana.«

»Egal«, sagte Ricky. »Der Fall ist jedenfalls klar. Sie holen sich diesen Leitgeb, und wenn er Ihr Geld nicht mehr hat, machen Sie mit ihm alles, was Sie mit mir vorhaben.«

Pandi schüttelte den Kopf.

»Da sind wir wieder bei der Frage, was sich ein Mann wie ich leisten kann. Wir haben Videos gemacht, wie dich meine Leute aus dem Ferrari gefischt haben und wie sie dich in der Wohnung deines Nachbarn besucht haben. Die dienen auf vergnügliche Art und Weise dazu, mir in meiner Welt, in der ich allein bestimme, Respekt zu verschaffen. Ich kann jetzt nicht einfach sagen, hoppla, es war der falsche Typ. So einen Fehler kann ich mir leisten, aber nicht vor aller Augen.«

»Ich werde dafür sorgen, dass jeder weiß, dass Sie einen Fehler gemacht haben.«

Pandi zuckte mit den Schultern.

»Die Welt ist voller Diebe, die behaupten, dass sie es nicht waren.«

Ricky rümpfte verächtlich die Nase.

»Um Ihre angeblich so große Macht muss es ja schlecht bestellt sein, wenn sie wegen einer derartigen Lappalie zu wanken droht.«

Pandi sah ihn freundlich an.

»So ganz kapierst du es nicht, aber das macht nichts«, sagte er. »Nichts wankt. Aber Macht wirkt von außen nun einmal unangreifbarer, als sie in Wirklichkeit ist. Alles ist immer in Bewegung, alles unterliegt einer ständigen Veränderung, und deshalb kann jeder kleine Fehler große Auswirkungen haben. Man muss jeden Tag auf der Hut sein. Außerdem ist Leitgeb bloß ein Großmaul. Man macht genug Fehler, die man nicht bemerkt. Die, von denen man weiß, kann man sich nicht leisten. Und noch etwas: Ich bekomme mein Geld von dir eher zurück als von diesem anderen Burschen.«

Ricky dachte an sein Bankkonto. Seit einigen Jahren war es beharrlich um ein paar Tausender im Minus. In den besten Phasen war er zum Monatsanfang um einen oder zwei Hunderter im Plus. Hätte ihn jemand beauftragt, fünfhundert Euro zu beschaffen, hätte er das notfalls hingekriegt. Bei fünftausend Euro hätte er, wenn es um Leben und Tod ging, seine Mutter fragen können. Schon fünfzigtausend waren weit jenseits aller seiner Möglichkeiten. Fünfhunderttausend umso mehr.

»Von mir?«, sagte Ricky. »Wie kommen Sie auf diesen Unsinn?«

Pandi öffnete die Arme.

»Ich wäre ein schlechter Kasinobetreiber, wenn ich nicht an das Schicksal glauben würde«, sagte er. »Das Schicksal bestimmt, ob wir gesund oder krank, reich oder arm und glücklich oder unglücklich sind. Das Schicksal bestimmt auch unsere Lebenszeit. Wir sterben, wenn sie abgelaufen ist, und nicht dann, wenn zum Beispiel irgendein Aktienkurs einen bestimmten Punkt erreicht. Wenn deine Lebenszeit noch nicht abgelaufen ist und du sterben würdest, weil du keine halbe Million besorgen kannst, wird dir das Schicksal helfen.«

»Das meinen Sie nicht ernst.«

Pandi lächelte.

»Und wenn mir das Schicksal nicht hilft?«, sagte Ricky.

»Dann ist deine Zeit zu sterben eben doch schon gekommen.«

Von wegen Unternehmer und rationale Erwägungen, dachte Ricky. Seine Stimme bebte.

»Ihre Betrachtungen sind zynisch und widerlich«, sagte er. »Sie halten sich für etwas Besseres, aber Sie sind einfach ein Verbrecher. Sie gehören vor Gericht gestellt, verurteilt und eingesperrt.«

Pandi rollte in seinem Sessel etwas nach hinten und legte die Füße auf den Schreibtisch.

»Ein Verbrecher, meinst du?«, sagte er. »Alles ist relativ. Die Stadtgranden inklusive des Innenministeriums sind froh, dass die Fäden der dunklen Seiten dieser Stadt hier bei mir zusammenlaufen. Solange ich jenen Teil Wiens, den du vielleicht Unterwelt nennst, mit meinen Leuten regiere, wissen alle, dass Delikte mit Maß und Ziel begangen werden und Wien seinen Ruf als eine der sichersten Metropolen der Welt behält. Wenn doch einmal etwas passiert, ist klar, dass es notwendig war. Dann drehen ein paar Staatsanwälte eine Gratisrunde bei mir, und schon haben sich wieder alle lieb.«

Ekel überkam Ricky.

»Dann haben Sie so eine Art Monopol auf Verbrechen«, sagte er.

Pandi nickte anerkennend.

»Das hast du schön gesagt.«

»Darf ich einen Blick zum Fenster hinaus werfen?«, fragte Ricky.

Pandi war verwundert, nickte aber.

Ricky trat an das Fenster, durch das sein Blick schon zuvor auf die Donau gefallen war. Ihr Glanz hatte sich verändert. Wolken waren aufgezogen, und statt des blassen Widerscheins der Himmelslichter schimmerte jetzt der orangefarbene der Stadt auf dem dunklen Wasser. Ricky hätte auf einmal weinen können, aber nicht wegen der halben Million, für die er jetzt sein Leben zurückkaufen musste. Ihn erschütterte vielmehr das Elend dieser Stadt, in der offenbar korrupte Männer ohne Moral an den Hebeln der Macht saßen. Eine feige Stadtregierung und eine unterwanderte Justiz hatten das Heft des Handelns einem dekadenten Unterweltboss übergeben, einem Mörder, und trotzdem hätte Ricky auf dessen Moralkodex in diesem Moment noch mehr gegeben als auf jenen des offiziellen Wien. Es war ein Gefühl, als hätte er seine Heimat verloren.

Von hinten legte ihm jemand eine Hand auf die Schulter. Er sah sich um. Pandi war verschwunden. Der Türsteher mit den spitzen Schuhen führte ihn hinaus.

Theo hätte wahrscheinlich eine Idee gehabt, wie sich eine halbe Million beschaffen ließ. Die hätte aber vermutlich etwas mit ein bis zwei Schusswaffen zu tun gehabt. Durch die Morgendämmerung fuhr Ricky heim. Sein Hirn fühlte sich leer an. Vielleicht war eine Idee mit ein bis zwei Schusswaffen besser als gar keine, dachte er. Sein Handy, das am Beifahrersitz lag, leuchtete auf. Eine SMS war eingegangen. Ricky kannte die Nummer nicht. Die Nachricht bestand aus einer Adresse in der Taborstraße im zweiten Bezirk. Das war alles. Er rief die Nummer an. *Unter der von Ihnen gewählten Nummer ist uns kein Teilnehmer bekannt.* Na toll, dachte Ricky. Es konnte nur Leitgebs Adresse sein. Damian Bergmann hatte sie ihm wohl kaum geschickt. Die SMS konnte nur von Pandis Leuten kommen. Erst mal schlafen, dachte er. Trotzdem. Morgen stand die Pressekonferenz an. Er konnte noch hoffen, dass die Firmenchefs gute Nachrichten hatten, aber daran glaubte er nicht. Er konnte überhaupt nicht hoffen. Pandi war ein eiskalter Zyniker, und er hatte selbst gesagt, dass er nur mit Konsequenz so weit gekommen war. Er würde kämpfen müssen.

25

Die Tür lag im zweiten Stock eines Wohnblocks. Außen zeigte das Gebäude heruntergekommene Grandezza, innen war es in den sechziger oder siebziger Jahren lieblos renoviert worden. Die blassvioletten Gangfliesen wirkten billig, und die Fenster zum grauen Innenhof waren aus Plastik. Auf dem in Aluminium gefassten Namensschild an der Tür stand: »Sybille Sichrovsky«. Ricky lauschte. Er meinte, drinnen ein Geräusch zu hören, aber er war nicht sicher. Er läutete, doch niemand öffnete. Schließlich ging er zu seinem Wagen zurück, der etwas abseits des Blocks stand. Von dort aus behielt er den Eingang im Auge. Er wusste nicht genau, wie Leitgeb aussah. Er hoffte, ihn an seiner Ähnlichkeit mit sich und an seinen mutmaßlich gehetzten Blicken zu erkennen.

Eine Frau mit einer Zigarette, ein Mann mit einem Hund, ein groß gewachsener Junge mit einem altmodischen Fahrrad. Es war nicht viel los an der Haustür des Gebäudes. Die Frau kam so schnell heraus, dass Ricky alarmiert die Wagentür aufriss. Doch dann blieb sie mit der Zigarette im Mund stehen und nestelte hektisch in ihrer Tasche herum. Schließlich ging sie in normalem Tempo weiter. Nur die Ruhe, dachte Ricky. Wenn es mein Schicksal ist, weiterzuleben, dann werde ich ihn erwischen. Wenn es mein Schicksal ist, zu sterben, ist es ohnedies egal.

Die Stunden verstrichen, und er fühlte sich unbehaglich hinter dem Steuer des Ferraris. Manche Passanten starrten ihn hemmungslos an, als wäre er ein Tier in einem Zoo und als wäre es ihr gutes Recht, weil sie Eintritt dafür bezahlt hatten. Ricky wusste, dass sein Plan, hier zu warten, schlecht war. Er brauchte einen besseren. Er hatte in den vergangenen Tagen die Erfahrung gemacht, dass er mit Nachdenken weiterkam, selbst in einer Sache wie dieser, die viel zu groß für ihn war. Doch im Moment fiel ihm nichts ein. Nichts funktioniert in meinem Leben, dachte er. Er war vermutlich der einzige Typ der Welt, der mit einem

Ferrari nicht bloß keine Frau aufriss, sondern sich auch noch gründlich in die Scheiße fuhr.

Um drei Uhr nachmittags wurde er schläfrig. Er holte sich einen Becher Kaffee, der ihn noch schläfriger machte, obwohl er fast nie Kaffee trank. Er stieg aus, um den halb vollen Becher in einen Mülleimer zu werfen. Als er wieder einstieg und neuerlich das Haustor ins Auge fasste, fielen ihm die Augen zu. Er war machtlos dagegen. Fünf Minuten, dachte er. Danach würde seine Aufmerksamkeit umso größer sein.

Er erwachte, als jemand die Beifahrertür aufriss. Als Erstes wurde ihm klar, dass es bereits dämmerte. Es musste nach acht Uhr sein. Er konnte es nicht fassen. Er hatte mehrere Stunden lang geschlafen. Erst dann identifizierte er den Eindringling. Es war Ana. Sie nahm am Beifahrersitz Platz. Sie tat es mit einer Selbstverständlichkeit, als wäre er ein Taxi.

»Hier«, sagte sie.

Sie drückte ihm einen neuen Becher mit heißem Kaffee in die Hand. Für sich selbst hatte sie auch einen mitgebracht.

»Schwarz mit Zucker«, sagte sie. »Okay?«

»Danke«, sagte Ricky.

Er sah auf die Uhr. Es war tatsächlich kurz nach acht. Er schüttelte sich.

»Tolle Art zu observieren«, sagte Ana. »Wenn man schläft, vergeht wenigstens die Zeit schneller. Du musst bloß so schlafen, dass du trotzdem alles mitkriegst.«

»Ich wette, das kannst du.«

»Noch nicht. Aber ich arbeite daran.«

»Was tust du hier?«, fragte Ricky.

»Meiner Meinung nach wird er das Haus durch den Hinterausgang verlassen und in einen 360 Spider steigen, das gleiche Modell wie dieses hier, nur gelb. Der Wagen steht in einer Privatgarage, die zum Nebenhaus gehört.«

Ana konnte ihn schon lange nicht mehr überraschen. Trotzdem tat er so, als würde er staunen. Sie lächelte zufrieden.

»Ich habe meine Hausaufgaben gemacht«, sagte sie.

»Warum bist du hier?«

»Ich helfe dir.«

»Hast du einen Auftrag?«

»Über diese Dinge möchte ich nicht sprechen.«

»Wie du willst«, sagte Ricky. »Dann beantworte mir bitte zwei andere Fragen. Wenn Leitgeb durch den Hinterausgang kommt, warum warten wir dann hier vorn? Und was macht dich so sicher, dass er nicht schon abgehauen ist?«

Ana lächelte milde.

»Ich fahre«, sagte sie. »Steig aus, damit ich hinüberrücken kann.«

Ricky zögerte. Bergmanns Warnung fiel ihm ein. *Die ist nicht nur kriminell, sondern auch vollkommen wahnsinnig.* Auf jeden Fall war sie unberechenbar. Trotzdem räumte er widerstrebend den Platz hinter dem Steuer. Auf der Beifahrerseite stieg er wieder ein.

»Gut«, sagte Ana. »Warten wir.«

»Ich weiß nicht einmal genau, wie Leitgeb aussieht«, sagte Ricky.

Ana reichte ihm wortlos ein Foto, das offenbar mit einem starken Teleobjektiv aufgenommen worden war. Es zeigte einen dicklichen jüngeren Mann, der mit einer Wurstsemmel in der Hand an der Außenseite eines Gartenzauns lehnte. Und der sollte ihm ähnlich sehen?

»Hoffentlich habt ihr euch nicht auch bei ihm geirrt«, sagte Ricky.

»Gerd Leitgeb«, sagte Ana. »Eins sechsundsiebzig groß, leichter Hang zur Fettleibigkeit, dunkelblonde Haare, einunddreißig Jahre alt, schlechte Manieren, keine Waffen, keine Kampfausbildung, auch keine andere Ausbildung.«

Ricky hatte schon immer den Verdacht gehabt, dass Wahnsinnige und Streber viel gemeinsam hatten.

»Was meinst du mit schlechten Manieren?«, fragte er.

»Er hat die Angewohnheit, sich im Schritt zu kratzen.«

»Ist ja ekelhaft.«

»Bei einer Zielperson muss man so etwas distanziert sehen.«

»Dann ist er deine Zielperson?«

Ana legte die Stirn in Falten.

»Er ist deine Zielperson«, sagte sie. »Das ist doch sonnenklar.«

Ein paar Minuten lang schwiegen sie. Ana hielt den Rückspiegel im Auge und schlürfte dabei ihren Kaffee. Ricky vermutete, dass sie ein schwerer Fall von Koffeinsucht war. Vielleicht kokste sie auch, oder sie hatte einmal gekokst.

»Ist Nordpol deine Mutter?«, fragte er.

»Jetzt geht das schon wieder los.«

»Kattus, Gummi, Heinz und Löwe – sind das deine Brüder?«

»Lass mich in Ruhe.«

»Was würdest du tun, wenn ich abhauen und untertauchen würde?«

»Solche Diskussionen belasten nur unsere Beziehung.«

»Würdest du mich jagen und umbringen?«

»Sehe ich so aus?«

»Ja.«

»Ich weiß nicht, Ricky«, sagte Ana. »Können wir uns nicht über andere Dinge unterhalten? Du verrennst dich da in etwas.«

»Du würdest vermutlich ohne Wimperzucken abdrücken und dich darauf ausreden, dass in dir alles kalt ist, seit dich dein Freund verlassen hat.«

Jetzt lächelte Ana.

»Das hast du dir also gemerkt«, sagte sie.

»Warum hast du mir vorgestern geholfen?«

Ana wandte ihm ihr Gesicht zu.

»Ricky«, sagte sie. »Was willst du eigentlich von mir? Willst du mit mir vögeln? Willst du mich heiraten? Willst du meine Lebensgeschichte aufschreiben? Hör auf, Fragen zu stellen. Es kommt nichts dabei heraus, und am Ende bist du sauer auf mich.«

Mürrisch schwieg Ricky eine Weile.

»Also gut«, sagte er schließlich. »Was tun wir, wenn wir Leitgeb haben?«

Anas Gesicht hellte sich auf.

»Das ist eine einfache Übung. Wir schlagen ihn bewusstlos und schleifen ihn in ein Versteck. Dort schälen wir ihm mit dem Springmesser so lange die Haut vom Körper …«

Ricky schüttelte sich.

»Gibt es auch eine Alternative?«

»Die Methode hat sich bewährt«, sagte sie. »Sie spart allen Beteiligten Zeit und Mühe.«

Sie sah in den Rückspiegel.

»Es geht los.«

»Oh Gott«, sagte Ricky.

Sie rutschten in ihren Sitzen ganz nach unten. Ricky schlug sich dabei seine ohnedies lädierte rechte Hand an der Tür an. Ana legte ihren Kopf auf seine Schulter, weil sonst ihr Haarschopf zu sehen gewesen wäre. Sie roch nach Seife.

»Wie wäre es, wenn ich wirklich mit dir vögeln wollen würde?«, fragte er.

»Das kannst du gleich wieder vergessen«, sagte sie. »Wenn du es so dringend nötig hast, kannst du ja ins Puff gehen.«

»Das beantwortet meine Frage nicht.«

»Ich will nicht, dass du mir gegenüber von Vögeln sprichst«, sagte Ana. »Ich bin eine Dame.«

»Du hast damit angefangen«, sagte Ricky. »Außerdem haben auch Damen Sex.«

Ana spähte vorsichtig hinaus. »Nur wenn es eine Herzensangelegenheit ist«, sagte sie.

»Magst du mich?«

Ana ging nicht darauf ein.

»Leitgeb ist jetzt vorn an der Kreuzung«, sagte sie. »Anscheinend weiß er nicht, wohin er will.«

»Du hast meine Frage nicht beantwortet«, beharrte Ricky.

»Wir kennen uns doch gar nicht«, sagte Ana. »In Wirklichkeit bin ich nicht so, wie du mich hier siehst. Das ist nur Tarnung.«

»Besonders unauffällig ist deine Tarnung nicht«, sagte Ricky.

»Ich mache es umgekehrt«, sagte Ana. »In meinem wirklichen Leben bin ich harmlos und langweilig. Ich kaufe bei H&M und Ikea ein, gehe am Wochenende im Prater spazieren und ins Kino oder sitze in Kaffeehäusern, und niemand findet etwas dabei. Für einen Einsatz putze ich mich so heraus, wie du mich kennst. Wenn hinterher alle die ausgeflippte Ana suchen, hängt sie längst in meinem Kleiderschrank. Das ist bei mir so ähnlich wie bei Superman und Clark Kent, nur kann ich nicht fliegen.«

»Jemand, der so normal ist, könnte die Ana, die ich kenne, nicht einmal spielen.«

»Oh doch«, sagte Ana. »In uns allen ist auch unser krasses Gegenteil angelegt. Wenn du es entwickelst und mit ein paar äußerlichen Kniffen unterstreichst, findest du darin die perfekte Tarnung.«

»Wenn ich mich in dich verliebt hätte, dann nicht wegen deiner Aufmachung«, sagte Ricky.

Ana machte eine wegwerfende Handbewegung.

»Du weißt doch gar nicht, was Liebe ist«, sagte sie.

»Du kannst es mir sicher erklären.«

»Okay«, sagte Ana. »Ich habe wirklich eine Theorie darüber. Willst du sie ernsthaft hören?«

»Sicher.«

»Es gibt Menschen, die leben vor allem in ihren Ohren«, sagte Ana. »Musiker zum Beispiel, die sich die Welt über ihr Gehör erklären. Andere, wie Maler und Fotografen, leben mehr in ihren Augen. Es gibt auch welche, die vor allem im Kopf leben, jene, die immer logische Erklärungen suchen. Klar?«

»Klar«, sagte Ricky.

»Also, ich denke, dass Lieben heißt, in seinem Herzen zu leben.«

Ricky konnte sich auf einmal vorstellen, dass Ana doch ein bisschen langweilig war.

»Romantisch«, sagte er.

Sekundenbruchteile später war er den Tränen nahe und wünschte sich zum ersten Mal seit mehr als zwei Jahrzehnten, bei seiner Mutter am Schoß zu sitzen. Denn vorn an der Kreuzung fuhr Leitgeb endlich los, und Ana schoss aus der Parklücke. Sie raste ganz knapp zwischen einer Straßenbahn und einem Taxi hindurch, bei Rot in die Kreuzung und dort mit ausbrechendem Heck nach rechts. Ihr Manöver war derartig verrückt, dass nicht einmal jemand hupte. Der gelbe Ferrari tauchte vor ihnen auf, als sie auf der Oberen Donaustraße die Salztorbrücke erreichten. Leitgeb fuhr weiter stadtauswärts. Ana drosselte das Tempo und folgte ihm.

Anas Puls hatte sich offenbar kein bisschen beschleunigt. Seelenruhig redete sie weiter.

»Was ich noch sagen wollte«, sagte sie. »Du brauchst nicht so jemanden wie mich. Du brauchst eine nette Frau, die an dich glaubt, und all diese Dinge.«

Ricky musste sich erst wieder sammeln.

»Warum klingt das so abwertend?«, fragte er.

»Es ist nicht abwertend gemeint, Ricky. Du hast diese Naivität, die zwar vordergründig nichts bewegen kann, die diese Welt aber trotzdem braucht, wenn sie gesund werden will.«

Er fragte sich, wie Ana aussah, wenn die Ana, die er kannte, im Kleiderschrank hing. Dass sie ein bisschen langweilig war, war die eine Möglichkeit. Vielleicht hatte sie aber auch noch mehr Charisma als jetzt, bloß ohne all die schrillen Accessoires.

Leitgebs Ferrari war wieder außer Sicht. Das war Ricky nur recht. Was immer Ana vorhatte, war höchstwahrscheinlich lebensgefährlich für alle.

»Ich glaube, er ist uns entwischt«, sagte er.

Gelassen schüttelte Ana den Kopf.

»Solche wie Leitgeb entwischen mir nie«, sagte sie.

Sie lenkte mit durchgestreckten Armen und hielt mit halb geschlossenen Lidern das Tempo des fließenden Verkehrs.

»Hast du ein Ortungssystem?«, fragte Ricky.

Sie nickte und tippte mit einem Finger auf ihren Hinterkopf.

Kurz vor der Gürtelbrücke sahen sie den gelben Ferrari weit vorn in der jetzt rasch hereinbrechenden Dunkelheit. Leitgeb fuhr weiter geradeaus in Richtung Klosterneuburg. Ana gab Gas. Die Blechlawine vor ihnen schien auf einmal durchlässig zu werden. Sie raste auch dann zwischen einem Auto und einer Leitplanke durch, wenn Rickys Einschätzung nach dort nicht einmal für ein schwereres Motorrad Platz gewesen wäre.

»Der Bursche will spielen«, sagte sie. »Aber er weiß nicht, mit wem er sich eingelassen hat.«

Sie folgte Leitgeb. Hinter Klosterneuburg ging sie mit hundertzwanzig in eine scharfe Rechtskurve und fing das schleudernde Auto ab, indem sie aus der Kurve heraus auf hundertachtzig beschleunigte.

»Ich halte eigentlich nichts von Sportwagen«, sagte sie. »Aber wenn man sie artgerecht fährt, machen sie Spaß.«

Ricky konnte nicht antworten. Sie lagen schon in der nächsten Kurve. Bei diesem Tempo wirkten die Fliehkräfte auch im Ferrari. Sie sorgten dafür, dass er den Überblick über seine Physiognomie verlor. Etwas von ihm flog gegen Anas Oberarm, der sich hart wie Stahl anfühlte.

»Wir wollten ihm unauffällig folgen«, sagte er.

»Wir wollten ihm folgen«, antwortete sie. »Von unauffällig war nie die Rede.«

»Lass uns zurückfahren.«

Ricky hatte Mühe, den Motorenlärm zu übertönen.

»Ich kann ihn nicht mehr sehen«, sagte er.

»Keine Sorge«, sagte Ana. »Ich spüre ihn. Er ist da vorn.«

»Er weiß aber jetzt, dass er verfolgt wird.«

»Umso besser.«

26

Die Dunkelheit war hereingebrochen. Links und rechts lagen Mais- und Weizenfelder, als der gelbe Ferrari abermals vor ihnen auftauchte. Leitgeb fühlte sich offenbar in Sicherheit. Er fuhr jetzt ein moderates Tempo.

»Ich habe eine Idee«, sagte Ana.

»Um Gottes willen«, sagte Ricky.

Ricky spürte, wie es sich anfühlte, wenn ein Mann zur Memme wurde. Es war eine ebenso unfreiwillige wie konsequente Selbstaufgabe. Etwas Wesentliches in ihm kippte in einen Schlamm, der aus Schweiß, Tränen und dem Inhalt seiner Eingeweide bestand.

»Lass uns die Bremsen testen«, sagte Ana.

Statt dem Bremspedal trat sie das Gaspedal durch. Ricky riss die Arme vors Gesicht. Sie schossen mit der Geschwindigkeit einer Gewehrkugel auf das Auto vor ihnen zu. Sein Magen schien eine Serie von Rollen vorwärts zu machen. Ihm wurde eiskalt. Der Hauch des Todes. Es war einer dieser Momente in seinem Leben, in denen er den Sinn einer Phrase begriff. Im letzten Moment sprang Ana auf die Bremse.

Ricky schloss die Augen. Als er sie gleich darauf wieder öffnete, schleuderten sie mit einer Drehung um die eigene Achse über einen Wiesenstreifen neben der Straße. Augenblicke später hatten sie schon wieder Asphalt unter den Rädern. Ana konnte den Ferrari stabilisieren. Mit einem Geruch nach verbranntem Gummi im Cockpit rasten sie jetzt auf der Gegenfahrbahn neben ihrem andersfarbigen Double her.

»Der Kerl fährt besser, als ich dachte«, sagte Ana.

Das schien sie zu freuen. Sie ließ das Beifahrerfenster herunter. Im nächsten Moment hätte Ricky ums Haar in ihren Oberarm gebissen. Sie streckte ihn nach rechts, mit einer Waffe in der Hand.

»Bück dich«, sagte sie ruhig.

»Nicht schießen!«

Ricky knickte vornüber und stopfte sich die Zeigefinger in die

Ohren, während Ana den Ellbogen ihres Schussarmes auf seinen Rücken stützte.

»Scheiße«, sagte sie.

Sie bremste scharf. Gleich darauf flutete weißes Licht den Innenraum des Ferraris, begleitet von einem lang gezogenen Hupen. Ricky richtete sich wieder auf. Leitgeb war jetzt weit vorn. Sie sahen seine Hecklichter kaum noch.

»Keine Sorge«, sagte Ana. »Es wird ihm noch leidtun, geboren worden zu sein. Wir lassen ihn ein bisschen zappeln, dann holen wir ihn uns.«

Sie warf Ricky einen Seitenblick zu.

»Glaubst du noch immer, dass du mich liebst?«

Sie brach in schallendes Gelächter aus.

Sie fuhren durch eine kleine Ortschaft mit orange blinkenden Ampeln. Eine Schule, ein Supermarkt, eine Bank. In einer Seitengasse blitzte Blaulicht auf.

»Ah«, sagte Ana. »Noch ein Mitspieler.«

»Wir halten besser an«, sagte Ricky. »Es wird nicht so schlimm sein. Ihr habt ja Kontakte.«

Er deutete auf ihren Schoß, wo die Pistole lag.

»Hast du einen Waffenschein dafür?«

Ana blieb auch jetzt ganz ruhig.

»Das ist die falsche Frage«, sagte Ana. »Die richtige Frage ist, ob die schneller sind oder wir. Aber die brauche ich ja wohl nicht zu beantworten.«

Am Ende der Ortschaft schossen sie in die Nacht hinaus.

»Sie werden ihre Kollegen im nächsten Dorf alarmieren«, sagte Ricky.

»Ich weiß.«

Unvermittelt schaltete sie die Scheinwerfer ab. Die Straße verschwand vor ihnen. Gleichzeitig ging sie vom Gas. Der Wagen machte ein Geräusch wie eine landende Düsenmaschine. Die Nacht war wie eine schwarze Flüssigkeit um sie.

Ricky sprach ganz leise.

»Ana«, sagte er. »Wir werden beide sterben.«

»Still«, sagte Ana. »Ich kann es hören, wenn die Straße eine Biegung macht.«

»Hören? Wieso?«

Der Wagen schleuderte im allerletzten Moment an einem Baum vorbei.

»Da siehst du es«, sagte Ana. »Wenn man solche Dinge hinterfragt, funktionieren sie nicht mehr.«

Sie tauchten in Tinte. Zu seiner Erleichterung bog Ana in einen Feldweg ab, den Ricky gar nicht gesehen hatte. Unter Haselsträuchern wartete sie, bis der Streifenwagen hinter ihnen vorbeischoss.

»Wie machst du das?«, fragte Ricky.

»Inspiration«, sagte Ana. »Ich habe es beim Gehen mit geschlossenen Augen gelernt.«

Rund um sie war es jetzt still.

»Jetzt haben wir Leitgeb doch verloren«, sagte Ricky.

Er war beinahe enttäuscht darüber.

Sie deutete nach vorn.

»Irrtum«, sagte sie. »Dort ist das Arschloch.«

Diffuses Licht lag über den Äckern. Vor ihnen führte der Weg über eine leichte Kuppe. Dahinter war nur die Nacht.

»Kannst du ihn sehen?«, fragte er.

»Sehen trifft es nicht ganz.«

Ricky entdeckte jenseits der Kuppe Umrisse von etwas, das höher als ein Sportwagen war.

»Ist er das?«, fragte er.

»Das ist ein Holzstapel«, sagte Ana. »Ich schätze, dass er sich dahinter versteckt. Er weiß, dass wir hier sind.«

Zwischen ihnen und dem Stapel lag ein Acker, den der Ferrari unmöglich bezwingen konnte.

Ana startete den Motor. Sein Singen klang jetzt für Ricky, als hätte sich der Wagen in Ana verliebt. Langsam stieß sie zurück.

»Gute Entscheidung«, sagte er. »Wenn wir ihn heute nicht schnappen, holen wir ihn uns eben morgen.«

Der Holzstapel verschwand hinter der Kuppe. Bald war auch der Acker nicht mehr zu sehen. Da hielt Ana wieder an. Sie überprüfte ihren Gurt.

»Hast du Flugangst?«, fragte sie.

Ihr Blick kam Ricky fremd vor. So sah Wahnsinn aus, dachte

er. Im selben Moment begriff er, was sie vorhatte. Etwas floss dabei an seinen Wangen herunter. Er dachte zuerst, dass es der Angstschweiß war. Dann begriff er, dass es Tränen waren. Er weinte.

Im nächsten Moment heulte der Motor auf, und hinter ihnen stieg eine gewaltige Wolke aus Staub und Erde auf. Der Wagen schleuderte nach vorn, nahm Tempo auf und raste auf die Kuppe zu. Diesmal war es Ana, die schrie, lustvoll und durchgedreht. Sie hatte dabei die dreihundertneunzig PS gut im Griff. Die Räder frästen sich über den bröckeligen Untergrund, bis sie abhoben. Hoch über dem Boden flogen sie aus der Dreckwolke heraus auf den Nachthimmel zu. Ein Summen in Rickys Kopf verdichtete sich zu etwas, das klang, als würden ihnen die Nachtgeister Lieder vorsingen. Als er an ihrer Rückkehr zur Erde schon zu zweifeln begann, neigte sich der Wagen nach vorn. Auf einmal stürzte der Acker so schnell auf sie zu, dass er nicht einmal mehr schlucken konnte.

Ich danke dir, lieber Gott, für alles Schöne in meinem Leben und bitte um Vergebung meiner Sünden. Amen.

Erde spritzte gegen die Windschutzscheibe. Ein tiefes Keuchen entrang sich Rickys Brust. Der Ferrari machte zwei Bocksprünge haarscharf an dem Holzstapel vorbei.

Ana war offenbar zufrieden mit ihrer Leistung. Stolz sah sie zu ihm hinüber.

»Scheiße«, sagte er.

Sie nahm es als Kompliment.

»Da war auch ein bisschen Glück dabei«, sagte sie.

Im nächsten Moment riss sie mit der Waffe in der Hand die Tür auf.

Der gelbe Ferrari stand genau dort, wo ihn Ana vermutet hatte. Leitgeb hatte sich anscheinend in seinem Versteck in Sicherheit gewähnt. Jetzt gab er Vollgas, was dazu führte, dass der Wagen mit irrwitzigem Lärm langsam und schwankend wie ein schweres Boot auf hoher See durch das Feld kroch.

Ricky war ebenfalls ausgestiegen.

»Alles klar«, sagte Ana zu ihm. »Leitgeb ist ein guter Fahrer mit schlechten Nerven. Also eigentlich ein schlechter Fahrer.«

Sie konnten Leitgeb zu Fuß einholen. Ana ging zielstrebig zu der Stelle, an der er zurück auf den Feldweg kommen musste. Dort baute sie sich breitbeinig auf, mit der Waffe im Anschlag. Leitgeb hielt an. Der Motor verstummte.

»Aussteigen«, sagte Ana.

Ricky eilte zu ihr.

Sie entsicherte ihre Pistole.

»Was tust du?«, sagte Ricky.

»Ich schieße ihm für den Anfang den linken Rückspiegel ab. Nur damit er weiß, dass wir scharfe Munition benutzen.«

»So wie du fährst, vermutet er sicher nichts anderes«, sagte Ricky.

»Dann schieße ich ihm den Rückspiegel einfach so ab.«

»Wir sind hier nicht in Los Angeles«, sagte Ricky. »Wenn du so etwas in Österreich machst, ist das ganze Land hinter dir her. Wann hast du zuletzt in der Zeitung gelesen, dass es nach einer Verfolgungsjagd zwischen zwei hochkarätigen Sportwagen zu einer Schießerei kam?«

»So etwas steht bloß deshalb nicht in der Zeitung, weil wir es nicht wollen«, sagte Ana.

Leitgeb kletterte mit erhobenen Händen aus dem Wagen. Die Schatten der Nacht in seinem Gesicht ließen ihn gefährlich aussehen, doch seine Stimme klang weinerlich.

»Was wollt ihr von mir?«, fragte er.

»Dich abknallen«, sagte Ana.

»Warum?«

»Sag du es uns.«

»Ich habe euch nichts getan.«

Leitgeb ließ die Hände sinken.

»Oben lassen«, fauchte Ana.

»Ihr könnt mich mal und euer Chef auch«, sagte Leitgeb. »Wenn ihr mich hier abknallt, bekommt er sein Geld nie.«

Anas rechtes Augenlid flatterte. Ricky sah es. Niemand würde in so einer Situation wirklich abdrücken, dachte er. Niemand außer Ana. Ohne zu zögern, warf er sich auf sie. Ana hatte mit dem Angriff von der Seite offenbar nicht gerechnet und strauchelte. Ein Schuss löste sich und warf in zwei Metern Entfernung eine Erdfontäne auf. Ana knurrte wie ein Wolf, als Ricky versuchte, sie am Boden zu halten. Es gelang ihm nur ein paar Sekunden lang. Dann lag er am Rücken, mit ihrem Fuß an der Kehle.

»Du missbrauchst mein Vertrauen«, sagte sie.

Mit ihren Blicken suchte sie dabei den Boden nach ihrer Waffe ab.

Leitgeb pflügte schon wieder durch den Acker. Ehe Ana die Pistole fand, bekam er festen Boden unter die Räder und raste davon.

Ana fauchte Ricky an.

»Idiot. Wir hatten ihn schon.«

»Was hätten wir davon, wenn er jetzt mit einer Kugel im Kopf hier in der Erde liegen würde?«

»Genugtuung zum Beispiel.«

»Du bist wahnsinnig«, sagte Ricky. »Du hättest beinahe einen Menschen umgebracht. Ist dir überhaupt klar, was das bedeutet?«

»Komm mir nicht auf diese Art.«

»Und du willst in deinem normalen Leben eine harmlose junge Frau sein?«

»Genau. Das bin ich.«

»Dann bist du schizophren.«

»Einfache Erklärungen, wie du sie suchst, gibt es nicht«, sagte Ana. »Schizophrenie und solche Sachen, das sind nur erfundene Erklärungen für Dinge, die nicht erklärbar sind.«

Während sich Ricky aufrappelte, holte Ana den Wagen, doch sie ließ ihn nicht einsteigen.

»Wir sehen uns in Leitgebs Wohnung«, sagte sie. »Wenn du dich beeilst, lebt er vielleicht noch.«

Sie fuhr los, um gleich darauf noch einmal zu halten.

»Übrigens«, sagte sie durch das offene Fenster. »Alle Frauen sind im Grunde so wie ich, bloß lassen es sich die meisten nicht anmerken.«

27

Die Nacht war tief, einsam und roch intensiv nach bevorstehendem Regen. Ricky stolperte vorwärts. Er fühlte sich dreckig und verloren. Sein Hemd war von der kurzen, aber heftigen Rauferei mit Ana zerfetzt. Die Wunde an seiner Stirn blutete wieder. Er wusste nicht einmal, ob er in die richtige Himmelsrichtung stapfte. Ana zerrte in einem anderen Winkel dieser Einöde vermutlich demnächst Leitgeb aus seinem Wagen, um ihn an Ort und Stelle zu erschießen. Wegen der Genugtuung und weil ihr spontane Impulse offenbar wichtiger waren als alles andere auf der Welt.

Irgendwo zwischen diesem Alptraum und dem Nirgendwo hielt ein offener Laster mit slowakischem Kennzeichen am Straßenrand. Er hatte ein paar Dutzend alter Fahrräder geladen. Daneben war noch genug Platz für ihn. Der Fahrer war ausgestiegen und machte sich an der Plane zu schaffen. Er reagierte nicht auf Rickys Bitte. Wortlos stieg er wieder ein und fuhr los. In seiner Situation musste er das als Einladung betrachten, fand Ricky. Mit schmerzenden Gliedmaßen rannte er ein paar Schritte. Er bekam die Bordwand zu fassen und schwang sich nach oben. Der Laster hielt wieder an. Der Fahrer kam mit einer kleinen Pistole nach hinten. Ricky zog seine Brieftasche und zeigte drei der vier Zehner vor, die darin steckten. Der Mann schüttelte den Kopf und streckte fünf Finger aus. Gegen seine gesamte Barschaft brachte er Ricky schließlich nach Wien.

Er wollte nur heim und die Spuren von Anas Wahnsinn wegwaschen. Andererseits konnte er vielleicht doch noch ein Leben retten, dachte er, auch wenn es bloß das von Leitgeb war. Er hob Geld ab und nahm für das letzte Stück zur Taborstraße ein Taxi. Am liebsten wäre er dort gar nicht angekommen. Verzweiflung drohte ihn bei dem Gedanken an das zu übermannen, was er dort womöglich vorfand. Doch die Nacht würde zu Ende gehen, der nächste Tag würde anbrechen, die Mammut-

Chefs würden ihre Pressekonferenz geben, der Kurs der Mammut-Aktie würde abstürzen, und so absurd es war, aber Ana war im Augenblick seine einzige Chance. Es blieb ihm nichts anderes übrig, als sich auf sie einzulassen.

Leitgebs Wohnungstür war nur angelehnt.

»Komm herein.«

Es war Anas Stimme. Sie klang rau, als hätte sie geschlafen. Ricky trat ins Vorzimmer. Er sah einen Küchenblock und eine Duschkabine, ganz wie bei ihm daheim. Bloß war alles größer und vergammelter. Die Decke zeigte Spuren eines lieblos behobenen Wasserrohrbruchs, und das Parkett unter dem Kunststoffboden knarrte stumpf, als wäre es faulig. Im Durchgang zum Wohnraum lag eine Red-Bull-Dose. Drinnen sah sich Ana auf einem Sofa einen Zeichentrickfilm im Fernsehen an und stopfte sich dabei Mais-Chips in den Mund. Am Boden lagen weitere Red-Bull-Dosen.

»Du hast ziemlich lang gebraucht«, sagte sie.

Dabei nahm sie sich eine weitere Ladung Chips.

Erst jetzt bemerkte Ricky Leitgeb. Er lag zwischen einer vertrockneten Zimmerpalme und einem dreckigen Sitzsack bäuchlings am Boden. Sein Körper bildete ein U. Seine Hände waren an seine Fußknöchel gefesselt. Unter seinem Mund stand eine Pfütze, als hätte er stundenlang geweint. Er trug ein durchnässtes T-Shirt und unterhalb davon nichts außer einem einzelnen blauen Socken.

»Wo ist seine Hose?«, fragte Ricky.

Im ersten Moment fiel ihm nichts anderes ein.

»Ich habe sie in die Duschkabine geworfen«, sagte Ana. »Er hat sich angepinkelt.«

Ricky bemühte sich, ruhig, aber eindringlich zu sprechen.

»Wir könnten ihn jetzt losschneiden«, sagte er.

Ana kaute etwas schneller. Das war ihre einzige Reaktion auf seinen Vorschlag. Ricky wartete. Schließlich stellte Ana die fast leere Chips-Packung weg und stand auf.

»Ich mache das alles nur für dich«, sagte sie.

Dabei rülpste sie vernehmlich.

»Ich weiß das zu schätzen«, sagte Ricky.

Ana schlenderte zu Leitgeb und stieß ihn mit der Fußspitze an.

»Warten wir noch«, sagte sie. »Vielleicht müssen wir die Befragung fortsetzen.«

Leitgeb, von dem Ricky schon angenommen hatte, dass er benommen war oder unter Drogen stand, fing hysterisch zu schreien an. Ana warf Ricky einen stolzen Blick zu, als würde sie Lob erwarten. Lieber Gott, betete Ricky im Stillen, bitte gib, dass nicht wirklich alle Frauen so sind.

»Ich will selbst mit ihm reden«, sagte Ricky. »Auf meine Art.«

Ana zuckte die Schultern und durchschnitt Leitgebs Fesseln. Sie schleifte ihn zum Sofa und warf ihn darauf. Er hatte nicht einmal genug Kraft, seine Scham zu bedecken. Ana bemerkte Rickys Unbehagen und breitete mangels einer Decke den Sitzsack über Leitgebs Körper aus. Nur sein Kopf und seine Füße ragten darunter hervor.

»Da kannst du einmal sehen, wie Leute, die Ferraris fahren, wirklich sind«, sagte Ana.

Leitgeb erzählte ihm die Geschichte, die Ricky zum Teil schon von Pandi kannte. Er war anfangs Türverkäufer von Zeitungsabonnements mit dem Traum vom großen Geld gewesen. Als er den Job als Anlageberater bekam und zum ersten Mal deutlich mehr verdiente, als er zum Leben brauchte, war er sicher, dass das erst der Anfang seines Aufstiegs war. Das Geschäft lief wie geschmiert. Er bekam Listen mit Namen, und er entwickelte einen untrüglichen Blick für die Besonderheiten eines Kunden.

Eines Tages saß er Werner Pandi gegenüber. Er wandte die gleichen Tricks wie immer an. Er legte seine Karte auf den Tisch, auf der »Gerd von Leitgeb« stand. Dann nahm er sie wieder zurück, um sie gegen eine neue ohne Adelsprädikat zu tauschen. Mit verschmitztem Lächeln.

»Tut mir leid«, hatte er gesagt. »Das war die für Deutschland. Hier in Österreich darf man ja seinen ganzen Namen nicht führen.«

Danach beugte er sich mit einem jovialen Lächeln nochmals

vor und schrieb mit einem echten Montblanc-Kugelschreiber seine Handynummer auf die Rückseite.

»Für alle Fälle«, hatte er gesagt.

Wie immer war damit das Eis schon vor dem eigentlichen Beginn des Verkaufsgesprächs gebrochen. Pandi hörte sich alles ruhig an. »Sie arbeiten sicher schwer, um Ihr Geld zu vermehren«, hatte Leitgeb zu Pandi gesagt. »Aber warum nehmen Sie nicht einfach einen kleinen Teil davon und vermehren ihn durch Nichtstun?«

Er spürte, dass Pandi, der weiter schwieg, interessiert war. Besonders, als er auch noch das Argument mit dem Ferrari brachte. Er hatte sich angewöhnt, den gemieteten Wagen möglichst so zu parken, dass er ihn seinen Kunden vom Fenster aus zeigen konnte.

Er war ziemlich verblüfft, als Leitgeb spontan die halbe Million über den Tisch schob. Trotzdem nahm er das Geld. Pandis grausame Bedingungen nahm er nicht ernst. Seit ihm die Tausender auf so spielerisch leichte Art zuflossen, war sein ganzes Leben unwirklich geworden. Die Dinge verloren ihre Wichtigkeit, und Moral schien auf einmal ein Problem von Verlierern zu sein. Nichts auf der Welt schien ernste Konsequenzen zu haben, und wenn doch, wären auch sie nur ein Spiel, das am Ende sein Einkommen mehren würde.

Leitgeb ließ das Geld ein paar Tage daheim herumliegen. Als er einmal nicht extra zur Bank gehen wollte, nahm er ein paar Scheine weg. Als nichts passierte, nahm er noch mehr. Er verwendete das Geld unter anderem für die »Neustrukturierung seines Mobilitätskonzeptes«, wie er sich ausdrückte. Im Klartext hieß das, dass er sich davon einen eigenen Ferrari kaufte, den gelben Spider, statt weiterhin bei Mosser zu mieten.

Pandi hielt er für den Typ Mensch, der das Wechselgeld nie nachzählt, das Kleingedruckte beim Lesen von Verträgen auslässt, ein bisschen tobt, wenn er verliert, und sich nachher mit vernünftigen Argumenten erklären lässt, dass er selbst schuld ist. Außerdem kam es Pandi seiner Meinung nach auf eine halbe Million mehr oder weniger ohnedies nicht an. Und wenn doch: So wie er sich selbst einschätzte, würde eine halbe Million auch für ihn schon bald keine Rolle mehr spielen. Wenn Pandi das Geld eines Tages ernsthaft zurückhaben wollte, würde er es dann wahrscheinlich schon aus der Portokasse zahlen können.

»Irgendwann«, sagte Leitgeb zu Ricky, »gehörte die halbe Million einfach mir, und ich dachte gar nicht mehr darüber nach.«

Leitgeb beobachtete den Aktienkurs bald nur noch mit halber Aufmerksamkeit. Zuletzt bekam er mit, dass er sich gefährlich dem roten Bereich näherte, aber selbst das nahm er nicht besonders ernst. Es gab nichts Schriftliches, also konnte ihm niemand etwas nachweisen. Und warum sollte ein Multimillionär wegen ein paar hunderttausend wirklich einen Mord begehen?

»Willst du mir jetzt sagen, wer ihr seid?«, fragte Leitgeb. »Ihr kommt nicht von Pandi, wie ich zuerst dachte. Und warum fahrt ihr ausgerechnet einen blauen Ferrari?«

Ricky wischte die Frage mit einer Handbewegung weg.

»Soll das heißen, dass Sie nicht einen Cent in Mammut-Aktien angelegt haben?«, fragte er.

Leitgeb schwieg.

Von hinter dem Fernseher her kam ein lautes Rülpsen.

»Nicht einen Cent«, sagte Ana.

Leitgeb wischte sich hektisch mit der Faust den angetrockneten Sabber aus dem Mundwinkel. Sein Kopf war von der Hitze unter dem Sitzsack rot geworden. Auf seiner Stirn stand Schweiß.

»Das ist doch Wahnsinn«, sagte Ricky zu Ana. »Was soll ich jetzt tun?«

»Wir bringen ihn um«, sagte Ana. »Er verdient es. Wir hängen ihn an seinen Eiern auf.«

Leitgeb, der zuletzt ganz vernünftig gesprochen hatte, wimmerte wieder.

»Es muss doch noch irgendetwas von dem Geld da sein«, sagte Ricky.

Leitgebs Wimmern wurde lauter.

Ana hatte ihm diese Frage offenbar auch schon gestellt, und zwar auf eine ziemlich schmerzhafte Art. Sie deutete auf eine braune Schachtel neben dem Sofa. Ricky klappte den Deckel auf. Darin lagen zwei Bündel Fünfhunderter, die verloren aussahen.

»Wie viel ist es?«, fragte er.

»Nicht ganz neunzigtausend«, antwortete sie. »Wenn wir noch ein bisschen an dem Burschen arbeiten, spuckt er vielleicht noch den ein oder anderen Schein aus.«

Ricky nahm eine Mappe aus der Schachtel.

»Was ist das?«, fragte er Ana.

»Ein Kaufvertrag«, sagte sie. »Er hat dir seinen Ferrari verkauft. Für hundertzehntausend Euro. Betrag dankend erhalten. Der Typenschein ist auch dabei. Du musst nur noch unterschreiben. Er hat schon.«

Ana trat neben ihn. Sie roch verschwitzt.

»Die hundertzehn bekommst du dafür nur, wenn du Zeit hast. Kurzfristig müssten achtzig zu holen sein.«

Ricky rechnete nach. Die neunzigtausend in bar und der Wagen ergaben in Summe höchstens hundertsiebzigtausend Euro. Fehlten noch immer dreihundertdreißigtausend. Ana schien seine Gedanken zu lesen.

»Ich würde mir keine Sorgen machen«, sagte sie. »Geld zieht Geld an. Du wirst sehen.«

»Über Nacht?«

»Du musst nur deine Karten richtig spielen.«

»Ich war schon immer ein schlechter Kartenspieler.«

»Dann spielst du eben Roulette.«

Ana drückte ihm etwas in die Hand.

»Der Wagenschlüssel«, sagte sie.

So wenig hatte sich vermutlich noch nie jemand darüber gefreut, Eigentümer eines Ferraris geworden zu sein, dachte Ricky.

Sie ließen Leitgeb liegen und gingen zur Tür. Im Vorbeigehen warf Ricky einen Blick in die Duschkabine. Darin lag keine Hose.

»Was hast du eigentlich mit dem Burschen gemacht?«, fragte Ricky.

Ana lächelte.

»Ich bin sicher, dass du das nicht wissen willst.«

»Doch«, sagte Ricky. »Sag es mir.«

»Nein«, sagte Ana. »Du sollst schließlich nicht alle Illusionen über uns Frauen in einer einzigen Nacht verlieren.«

28

Ricky musste warten. Mosser führte ein Gespräch mit einem Kunden, das er in die Länge zog, anscheinend um wichtig zu wirken. Schließlich kam er aus seinem Büro heraus auf den Vorplatz und betrachtete den gelben Ferrari. Er sah sich den Motorraum, das Cockpit und den Lack genau an. Dabei schüttelte er unaufhörlich den Kopf.

»Ich kann so einen Wagen in Kommission nehmen, tue es aber nur ungern«, sagte er. »Ein Gefühl sagt mir, dass das Auto heiß ist. Trotz Typenschein und Kaufvertrag.«

Ricky war etwas fahrig. Mitten im Urlaub hätte er etwas Urlaub gebraucht. Urlaub vom Gejagtwerden.

»Ehrlich gesagt hatte ich auf einen schnellen Handel gehofft«, sagte er.

»Was verdienst du dabei?«, fragte Mosser.

»Nichts. Der bisherige Besitzer hatte sozusagen Schulden bei mir. Für einen Teil davon hat er mir den Wagen gegeben. Ich schätze ihn auf hundertzehntausend Euro.«

»Bei allem, was sechsstellig ist, musst du warten können«, sagte Mosser.

Ricky hatte keine Lust zu verhandeln. Er wollte wieder zurück in die Stadt fahren. Er würde sich zu Hause aufs Bett legen, warten und Musik hören. Etwas aus den Siebzigern vielleicht. Jimi Hendrix. Jim Morrison. Janis Joplin. Die waren auch alle jung gestorben. Oder Kurt Cobain und Tupac. Allerdings hatten die davor wenigstens ein Leben gehabt. Und was hatte er? Neunzigtausend Euro, einen gebrauchten Sportwagen und die Gewissheit, dass sich Pandi damit nicht begnügen würde.

»Vielleicht habe ich einen Käufer«, sagte Mosser. »Aber Sie dürfen beim Preis nicht kleinlich sein.«

»Was heißt das?«

»Achtzigtausend«, sagte Mosser. »Davon kommt meine Provision weg. Sonst nehme ich fünfzehn Prozent, bei einem Schnellverkauf sind es fünfundzwanzig.«

»Das heißt, mir bleiben wie viel? Sechzig? Das ist Diebstahl.«

»Dann muss ich etwas missverstanden haben«, sagte Mosser. »Ich dachte, Sie brauchen das Geld dringend.«

Ricky dachte nach. Wenn er das Geschäft machte, hatte er hundertfünfzigtausend Euro. Ob er wegen fehlender vierhundertzehn- oder wegen fehlender dreihundertfünfzigtausend umgebracht wurde, machte auch schon keinen Unterschied mehr. Im Gegenteil. Im Zweifelsfall wurde er lieber wegen der größeren Summe umgebracht.

Die Pressekonferenz der Mammut-Geschäftsführung war vom Vormittag auf den späten Nachmittag verschoben worden. Sein Schicksal war dennoch besiegelt. Das Unternehmen hatte bereits eine Ad-hoc-Meldung veröffentlicht. Solche Meldungen waren börsennotierten Unternehmen vorgeschrieben, wenn es Neuigkeiten gab, die ihren Börsenkurs erheblich beeinflussen konnten. Das war der Fall. Die Patente, die zuvor schon für Unruhe gesorgt hatten, waren vorerst geplatzt. Ricky hatte nicht nachgesehen, aber es stand außer Zweifel, dass der Kurs abstürzte. Es ging jetzt nicht mehr um einen oder zwei Finger. Er hatte bis heute am Abend Zeit, das Geld zu bringen oder zu sterben. Pandi und sein verdammtes Unterweltsethos. Ricky hätte gewettet, dass er sich nur darauf ausredete. Ein Mensch, der so handelte, genoss es auch. Pandi war nichts weiter als ein machtgeiler, geldgieriger, krimineller Sadist.

»Sie geben mir den Schlüssel, wir machen den Vertrag, Sie lassen den Wagen da, wie er ist, und die Sache ist erledigt«, sagte Mosser.

»Siebzigtausend für mich«, sagte Ricky.

Mosser schüttelte den Kopf.

»Es tut mir wirklich leid, junger Mann.«

Geld zog Geld an, und mehr Geld zog mehr Geld an. Er wusste zwar nicht, wie dieses Wunder noch geschehen sollte, aber es war die letzte Hoffnung, an die er sich im Moment klammern konnte. So gesehen hatte es Sinn, die sechzigtausend Euro zu nehmen.

»Mein Taxi zurück in die Stadt zahlen Sie«, sagte er zu Mosser.

»Eigentlich nicht«, sagte Mosser. »Aber du sollst auch ein kleines Erfolgserlebnis haben.«

Es war erbärmlich.

Zwei Stunden später saß Ricky mit dem Geld und dem dringenden Wunsch, dass Mosser der Wagen unter dem Hintern explodieren möge, im Taxi. Theo rief ihn an. Er klang ziemlich angeheitert.

»Wie stehen deine Aktien?«, fragte er.

»Das will ich gar nicht mehr wissen«, sagte Ricky.

»Ich schätze, ich komme vorbei und wir stehen das gemeinsam durch.«

Ein Poltern. Es klang, als wäre Theo das Telefon aus der Hand gefallen.

Er hörte Theos Stimme aus der Ferne.

»Warte«, sagte er.

Wenn er tot war, würde Theo vielleicht Legenden um ihn ranken, wie er es bei seinem Onkel tat. Verdammt, dachte Ricky. Wenn ihm nicht bald etwas einfiel, würde er demnächst tatsächlich genauso tot sein wie Theos Onkel. Er fühlte sich eindeutig zu jung dafür. Theos Onkel war wenigstens schon über dreißig gewesen.

»Hallo?«

Theo hatte aufgelegt. Anscheinend hatte er bei der Suche nach seinem Handy vergessen, dass sie miteinander redeten.

Ricky sah auf die Uhr. Es war kurz nach vier. In anderthalb Stunden war Börsenschluss. Er musste nachdenken. Das konnte er am besten, wenn er seine Wohnung aufräumte. Abschleppmodus, und dann komme ich als Leiche heim, dachte er. Das wäre wenigstens einmal etwas Neues.

Er konnte zur Polizei gehen. Das war besser als nichts tun, versprach aber wenig Erfolg. Pandi rechnete wahrscheinlich damit. Und Pandi hatte es sich offenbar in den Kopf gesetzt, an ihm ein Exempel zu statuieren. Er würde die Sache dann erst recht durchziehen.

Er konnte sich auch an die Medien wenden mit seiner Geschichte. Nein, konnte er nicht. Dazu wusste er zu genau, wie es funktionierte. Er stellte sich vor, wie er Albin Fischer alles erzählte. Fischer würde die Füße auf den Tisch legen, gähnen und sich vielleicht am Kopf kratzen. Er würde ihn fragen, ob er irgendwelche Beweise hätte. Irgendetwas, das sich zum Faksimilieren eignete zum Beispiel. Aber so etwas hatte er nicht. Also fiel seine Geschichte unter Verschwörungstheorien. Er kannte den Spruch des Chefredakteurs: »Wenn wir so etwas drucken, müssten wir jede Woche als Telefonbuch erscheinen.«

Er betrachtete die Löcher in der Wand, die er mit dem Bücherregal gerissen hatte. Er schob das Regal davor und räumte die Bücher und den Kleinkram wieder ein. Das Ganze war etwas wackelig, weshalb er die schweren Sachen unten hinstellte. Dabei dachte er über Pandi nach. Pandi übte gern Macht aus. Er liebte offenbar seinen eigenen Mythos. Er spielte gern. Er spielte auch mit ihm, bloß war das Spiel unfair. Pandi hatte alle Karten in der Hand. Und er selbst war schon immer ein schlechter Kartenspieler gewesen. Gegen fünf Uhr, als er gerade sein Bett neu überzogen hatte, hatte er eine Idee.

Ein paar Gaffer standen beim Ferrari. Kein Mann ging ohne langen Blick an dem Auto vorbei. Auch Ricky war noch immer von dem Anblick beeindruckt. Zwischen all den Volkswagen, Toyotas und Fords sah der blaue Sportwagen aus, als käme er von einem anderen Planeten. Er legte die Hand auf die Kühlerhaube und fühlte das Blechkleid. Der Ferrari hatte sein Leben gründlich auf den Kopf gestellt. Das Leder des Fahrersitzes schmiegte sich an seinen Rücken. Er zog die Tür zu, griff nach dem Gurt, stemmte die Hände gegen das Lenkrad und schloss die Augen, ehe er den Motor startete.

Er wusste nicht genau, wie Pandi die Vereinbarung, die er mit Leitgeb getroffen hatte, verstand. Sinkt der Kurs auf 36 oder darunter und Sie bringen das Geld nicht am selben Tag zurück, sind Sie tot. So hatte sie gelautet. Das bedeutete theoretisch, dass er auch noch später am Abend kommen konnte, was besser zu seinen Plänen gepasst hätte. Andererseits waren die Gangster immer um Punkt siebzehn Uhr dreißig bei ihm gewesen. Zur Sicherheit fuhr er lieber gleich in die Höhle des Löwen. Kurz vor Börsenschluss war er beim »Orpheus«.

Die Empfangsdame war über sein Auftauchen überrascht, als hätte sie ihn zwar erwartet, aber noch nicht so früh. Ihre rechte Braue wanderte um einen Hauch nach oben. Sie war auf eine distinguierte Art verbindlich wie schon zuletzt.

»Schön, Sie wieder bei uns begrüßen zu dürfen«, sagte sie. »Anatevka kümmert sich gleich um Sie.«

Anatevka schwebte aus den Tiefen des »Orpheus« auf ihn zu. Sie lächelte, als wären sie nun schon alte Bekannte.

»Komm mit mir«, sagte sie.

»Wohin bringst du mich?«, fragte er.

Sie kicherte und führte ihn in ein großes Zimmer mit einem mächtigen Doppelbett, schweren Brokatvorhängen und dunkelroten Tapeten. Ricky blieb mitten im Raum stehen. Der Teppich war so weich, dass er das Gefühl hatte, im nächsten Moment bis zum Hals darin zu versinken. Wenn er jetzt mit Anatevka vögeln würde, dachte er, hatte er dann seine Wette mit Chris gewonnen?

»Wir haben bis acht Uhr Zeit«, sagte Anatevka. »Ich hätte ein paar Ideen, wie wir sie verbringen können.«

Vielleicht gehörte es zu Pandis Inszenierungen, dass Delinquenten eine Henkersmahlzeit bekamen, dachte Ricky. Nein, was immer Anatevka für Ideen hatte, seine Wette hätte er trotzdem verloren.

»Was ist um acht Uhr?«, fragte er.

»Das weiß ich nicht«, sagte Anatevka. »Ich weiß nur, dass wir bis acht Uhr Zeit haben.«

»Ist Pandi im Haus? Ich wollte eigentlich zu ihm.«

»Jetzt nicht.«

»Was passiert, wenn ich zur Tür hinausgehe?«

»Keine Ahnung, was soll passieren?«, sagte Anatevka. »Wenn du Probleme hast, können wir die Zeit bis acht Uhr auch damit verbringen, darüber zu reden.«

»Nein danke«, sagte Ricky.

»Gefalle ich dir nicht?«

Er sah an Anatevka vorbei.

»Du gefällst mir. Aber ich will an die Liebe glauben, solange es geht.«

Sie nickte wissend.

»Du hast also Probleme. Ich habe es gespürt. Wir können uns unterhalten. Ich bin gut darin, mich zu unterhalten.«

Ihre Unterhaltung verlief etwas einsilbig. Kurz vor acht Uhr bekam Anatevka einen Anruf. Sie redete eine Weile am Telefon. Danach sah sie Ricky aufmunternd an.

»Alle warten schon auf dich«, sagte sie.

»Alle?«

»Es sind sogar welche von der Polizei da. Aber die tun nichts.«

Pandi plante das Finale in der Angelegenheit mit dem Codewort »Mammut« anscheinend tatsächlich als halb öffentliches Ereignis. Tatsache war, dass Ricky die halbe Million nicht einmal annähernd hatte und dass sein Plan mehr als riskant war. Wenn er am Ende mit verbundenen Augen und dann vielleicht schon ohne Zeigefinger vor die Flinten seiner schwarz gewandeten Exekutoren trat, würde ihm jemand zuraunen, dass es nicht um ihn gehe, sondern ums Prinzip. So sah wohl zumindest Pandis Plan aus.

Anatevka führte ihn durch den gläsernen Übergang hinüber zum Spielsaal. Der Betrieb hatte noch nicht begonnen. Männer in schwarzen Anzügen und spitzen Schuhen trafen die Vorbereitungen dafür. Ricky bemerkte in der Mitte des Saals eine Empore aus dunklem Holz mit goldenen Stühlen darauf. Anatevka blieb im Schutz einer riesigen künstlichen Palme stehen und zupfte ihn am Ärmel. Ihre Stimme war ein Hauchen.

»Wir warten hier.«

Er vergaß beinahe, warum er hier war, so gebannt beobachtete Ricky das Geschehen im Spielsaal. Eine Frau in einem adretten dunklen Kleid wärmte am Roulette als Croupier auf. Zwei der schwarz livrierten Lakaien diskutierten über eine weitere Palme, die sie auf einem Rollwagen hereingebracht hatten, um sie am Ende wieder hinauszuschieben. Als ein Gong ertönte, ordnete sich alles, als befänden sich die Akteure auf einer Theaterbühne und der Vorhang hätte sich geöffnet.

Eine Gruppe gut gelaunter Männer schlenderte an Ricky vorbei herein. Er zuckte zusammen, als er ihre Begleiterin sah. Es war Anatevka. Er hatte die ganze Zeit über gedacht, sie stehe neben ihm. Jetzt sah er ihr zu, wie sie den neuen Gästen die Spieltische zeigte. Zwischendurch lachte sie schüchtern, offenbar über Witze, die die Männer machten. Dabei verschenkte sie großzügig ihre verliebten Blicke.

Weitere Gäste strömten herein, in kleinen Gruppen oder auch allein. Manche waren dunkel gekleidet wie für einen Abend im Konzerthaus, andere trugen hellere, leichtere Anzüge. Ricky entdeckte auch Damian Bergmann. Der Chefinspektor hatte sich in einem grauen Cordanzug und mit einer Gesichtsfarbe im gleichen Ton unter die Gäste gemischt. Ob er wegen Ermittlungen hier war oder sich doch auch bestechen ließ, spielte keine Rolle, dachte Ricky. Von ihm war in keinem Fall Hilfe zu erwarten.

Durch eine schmale Tür hinter dem Roulette trat ein kleiner gedrungener Mann mit bulligem und spektakulärem Schnurrbart ein. Werner Pandi. An seiner Seite ging eine gertenschlanke Frau in einem schillernden orangeroten Kleid. Sie überragte ihn um zwei Handbreiten. Als Pandi stehen blieb, um sich mit Gästen zu unterhalten, wartete sie artig im Hintergrund, ohne sich an seinen Gesprächen zu beteiligen. Pandi erstieg die Empore und nahm auf einem der goldenen Stühle Platz. Die Frau blieb zuerst unten stehen. Mit einer ebenso großzügigen wie einladenden Geste bat er sie zu sich herauf. Ricky dachte an Nordpol. Vielleicht hatte Nordpol wie Ana auch eine zivile Existenz. Vielleicht war sie die Frau an Pandis Seite.

Jemand tippte Ricky von hinten auf die Schulter. Er fuhr erschrocken herum. Es war einer der Kerle in den spitzen Schuhen.

»Der Chef will dich sprechen«, sagte er.

Ricky tappte durch den Saal auf die Empore zu. Er fühlte sich zu klein, zu aschblond und zu durchschnittlich für diesen Raum. Doch es war ihm egal. Er hatte sich daran gewöhnt, sich so zu fühlen. Er konnte das Spiel trotzdem noch gewinnen. Vielleicht gerade deshalb.

Pandi lächelte ihn an.

»Schön, dass Sie gekommen sind.«

Pandi redete über ihn hinweg. Ricky kam es vor, als würde er jemanden meinen, der einen Kopf größer war als er und hinter ihm stand. Er verkniff es sich, sich umzudrehen. Stattdessen fragte er sich, warum es ihm trotz allem nie richtig gelungen war, Pandi zu verachten. Vielleicht gelang es niemandem, ihn zu verachten. Vielleicht lag genau darin der Erfolg dieses Mannes. Er war authentisch. Er stand zu dem, was er tat, und er tat es konsequent, mit vollem Engagement und mit all seiner Aufmerksamkeit. Damit machte er sich vermutlich nicht nur Freunde, aber er genoss überall Respekt.

Etwas im Raum erregte Pandis Aufmerksamkeit. Ricky folgte seinem Blick. Er fiel auf die junge Frau am Roulettetisch. Sie erinnerte Ricky eher an die Sprechstundenhilfe eines Arztes als an einen Croupier. Da fielen ihm Anas Worte ein. In uns allen ist auch unser krasses Gegenteil angelegt, hatte sie gesagt. Er betrachtete die Frau genauer. Kurze Haare, weiße Bluse, schwarzer Rock, die Körpersprache beflissen. Wenn die Frau an Pandis Seite Nordpol war, dann war die Frau hinter dem Roulettetisch vielleicht Ana. Das wäre seinem Plan entgegengekommen, denn der basierte auf etwas, das Ana gesagt hatte: Wenn du nicht gut im Kartenspielen bist, dann spiel eben Roulette.

Pandi wandte sich wieder an ihn, mit freundlicher Stimme.

»Haben Sie mir etwas mitgebracht?«, fragte er.

Ricky schüttelte den Kopf.

Pandi schmunzelte.

»Nichts?«

Ricky schwieg.

»Das wäre doch untertrieben«, sagte Pandi. »Ein knappes Viertel von etwas ist nicht nichts.«

Rickys Hand zuckte zur rechten Innentasche seiner Lederjacke, in der ein Teil der hundertfünfzigtausend Euro steckte. Den Rest hatte er über die anderen Taschen verteilt. Das Geld war noch da.

»Vielleicht habe ich doch etwas für Sie«, sagte er.

»Ach ja?«

Ricky streckte einen Finger aus. Es war der Mittelfinger. Pandis Freundlichkeit blieb ungetrübt.

»Sie sind ein Mann mit Humor«, sagte er. »Aber um bei der Sache zu bleiben: Ein knappes Viertel von etwas ist zwar nicht nichts, aber wenn es ums Ganze geht, ist es nicht genug.«

Die beiden Leibwächter hoben wie Balletttänzer in einer gut einstudierten Choreografie die flachen Hände vor ihre Hälse und zogen sie mit exakter Bewegung von links nach rechts. Bergmann trat zu Ricky.

»Gibt es ein Problem?«, fragte er.

Pandi antwortete statt Ricky.

»Der junge Mann hat ein bisschen Geld«, sagte er. »Zum Leben zu wenig, wie man so sagt. Jetzt fragt er sich, was er damit anfangen soll. Ich wäre ein schlechter Unternehmer, wenn ich da nicht einen Vorschlag für ihn hätte. Ich an seiner Stelle würde heute Nacht einfach richtig auf die Pauke hauen, als gäbe es kein Morgen.«

Ein paar ringsum stehende Gäste murmelten beifällig.

Bergmann ließ Ricky nicht aus den Augen.

»Was tun Sie hier eigentlich?«

Pandi kam von der Empore herunter.

»Also wirklich, Chefinspektor«, sagte er. »Diese Frage wird bei mir hier sehr selten gestellt.«

Ein paar Gäste lächelten verschwörerisch. Immer mehr von ihnen verfolgten den Wortwechsel, was Pandi zu gefallen schien. Ricky sah zu der Frau am Roulettetisch hinüber. Sie war auf ihren Arbeitsplatz konzentriert, obwohl dort im Moment niemand spielte. Unmöglich, dachte er. Das konnte auf keinen Fall Ana sein. Chefinspektor Bergmann hatte sich nicht abschütteln lassen. Er beharrte auf seiner Frage.

»Nun?«, sagte er zu Ricky.

»Ich bin hier, um zu spielen«, sagte Ricky.

»Oho«, sagte Pandi. »Woran hatten Sie gedacht?«

»Zuerst hatte ich an Poker gedacht«, sagte Ricky. »Aber in Poker bin ich nicht gut. Also Roulette.«

Das Wort war noch gar nicht ganz über seine Lippen gekommen, als er sich schon umdrehte und etwas wackelig zu dem Spieltisch ging. Die allgemeine Aufmerksamkeit galt jetzt ihm. Er befürchtete, dass er zwischendurch die Bewegungsabläufe vergessen könnte, die er benötigte, um einen Schritt vor den anderen zu setzen.

»Sie brauchen Jetons«, sagte die Frau am Roulettetisch.

Pandi hatte die Empore wieder erklettert. Seine Stimme hallte quer durch den Saal.

»Er kann mit Bargeld spielen«, rief er.

»Oho«, riefen ein paar Männer.

Rot oder schwarz, dachte Ricky. Rot wie die Hölle oder schwarz wie der Tod. Ein Halbkreis von Männern und Nobelhuren bildete sich um ihn. Alle waren bestens gelaunt. Jene, die wussten, worum es ging, vermutlich erst recht.

Das Mädchen am Roulettetisch sah ihn schüchtern an.

»Ich bin Elisabeth«, sagte sie.

»Ich weiß, dass du mir Glück bringen wirst«, sagte Ricky.

»Ihr Einsatz bitte«, sagte Elisabeth.

Ricky fuhr einfach mit dem fort, was er sich vorgenommen hatte, obwohl er inzwischen nicht mehr sicher war, ob es das Richtige war. Er wusste, dass sein Leben jetzt von einer richtigen Eingebung abhing. Doch er hatte keine Eingebung.

»Ihr Einsatz bitte«, wiederholte Elisabeth.

»149.540 Euro«, sagte Ricky.

Ein Murmeln ging durch die Menge.

Elisabeth sah zu Pandi und dann wieder zu ihm.

»Einverstanden«, sagte sie.

Ricky hatte eine ziemlich klare Vorstellung von dem, was passieren würde. Selbst wenn er gewann, würden ihm noch rund zweihunderttausend Euro fehlen. Er würde noch einmal setzen müssen. Dabei war er noch nie der Typ gewesen, der beim Spielen gewann. Er lag bei Zahl oder Kopf immer falsch und hatte bei Preisausschreiben noch nicht einmal einen Trostpreis gewonnen.

Bergmann trat zu Ricky. Seine Stimme klang schneidend.

»Woher haben Sie so viel Geld?«, fragte er.

Pandi mischte sich ein.

»Ich hoffe doch, dass Sie dem jungen Mann nichts Unanständiges vorzuwerfen haben«, sagte er, »außer natürlich, dass er hierher zu uns kommt.«

Allgemeines Gelächter.

»Faites vos jeux«, sagte Elisabeth.

Auf einmal lag sein Geld auf dem Tableau. Ricky selbst hatte es hingelegt. Er setzte alles auf Rot. Elisabeth warf die Kugel gegen die Drehrichtung in den Zylinder. Sie tanzte über die Zahlenfelder und blieb auf der 27 liegen. Rot.

Murmeln unter den Zuschauern.

»149.540 Euro, meine Damen und Herren«, sagte Pandi. »Ist das nicht schön? Da hat die Jugend so schlechte Jobchancen, staatliche Altersvorsorge gibt es für sie auch nicht, der Staat spart bei ihrer Ausbildung, und dazu muss sie auch noch die Rechnung für die letzte Finanzkrise bezahlen. Und dann kommt dieser Junge hierher und gewinnt mit einem Schlag 149.540 Euro. Da soll noch einer sagen, wir würden uns nicht um die Zukunft dieses Landes kümmern. Andererseits: 149.540 Euro. Reicht das schon für eine Zukunft?«

Aufgeblasener, schwafelnder Popanz, dachte Ricky. Er hätte auch so gewusst, dass er weitermachen musste. Hinter ihm kam es zu einem Tumult.

»Mir reicht es auf jeden Fall«, schrie jemand.

Die Stimme gehörte einem Mann, der auf den Roulettetisch zudrängte. Er lallte ein bisschen und hatte eine Pumpgun in der Hand. Es war Theo. Sein ledernes Hemd sah aus, als hätte er in einer Mülltonne geschlafen. Seine Augen waren rot unterlaufen.

»Ich mache keine Witze«, schrie er. »Ich nehme meinen Freund jetzt mit. Hat jemand etwas dagegen?«

Die Gäste und die Huren starrten Theo mit offenen Mündern an. Aus ihren Blicken sprach weniger Angst als Verwunderung.

»Keine Sorge«, sagte Pandi. »Wir haben uns für heute eine kleine Show-Einlage überlegt. Die Waffe ist natürlich nur mit Platzpatronen geladen.«

Theo zielte auf das Glasdach und drückte ab.

Ein Knall. Das war alles.

Theo drückte noch einmal ab.

Alle im Raum sahen zum Dach hinauf, mit interessierten

Blicken, als handle es sich um ein wissenschaftliches Experiment.

Der Effekt war wieder der gleiche.

Theo starrte die Waffe an.

Applaus.

»*Faites vos jeux*«, sagte Elisabeth.

Ricky sah sie an. Sollte er noch einmal auf Rot setzen oder lieber auf Schwarz? Stimmte es, dass Pandi hier Schicksal spielte und ohnedies nur Spieler gewannen, die er gewinnen lassen wollte? War es ein Tipp Anas gewesen, als sie vom Roulette geredet hatte, oder bildete er sich das nur ein? War Elisabeth wirklich Ana? Wenn es so war, spielte es keine Rolle, worauf er setzte. Im nächsten Moment hatte er sein gesamtes Vermögen wieder auf Rot gesetzt. Fast gleichzeitig entdeckte er Ana. Im Hintergrund an eine Säule gelehnt stand sie da und beobachtete ihn. Das Türkis ihres Anzugs schien zu schillern wie Fischhaut. Ricky konnte nicht verstehen, warum nicht alle Anwesenden diese Frau mit dem hoch aufragenden Haarschopf mit offenem Mund anstarrten.

Das Roulette drehte sich schon.

»*Rien ne va plus*«, sagte Elisabeth.

Aus den Augenwinkeln sah Ricky, wie zwei Huren mit Theo zu flirten begannen. Elisabeth warf die Kugel. Ricky wurde schlecht. Er hatte in seinem Leben immer gedacht, dass immer alles gut gehen würde. Doch dieses Mal hatte er genau 299.080 Euro darauf gesetzt. Auf einmal war er sicher, dass das ein schrecklicher Fehler gewesen war. Eine kalte Hand griff nach seinem Herzen. Die Kugel sprang von der schwarzen 26 auf die schwarze 4 und von dort auf die schwarze 2. Ricky spürte, dass die Zuschauer mit ihm die Luft anhielten, aber er war nicht sicher, was sie sich mehr wünschten: einen Sieger zu sehen oder eine Hinrichtung. Im letzten Moment rollte die Kugel auf die rote 21. Leben, dachte er. Er hatte gewonnen. Er hörte zuerst gar nicht, was rings um ihn passierte. Am liebsten wäre er einfach auf den Boden gesunken und hätte zu weinen begonnen. Es war ihm nicht bewusst gewesen, aber er hatte gerade mit seinem Leben gespielt.

»Wie viel hat er jetzt eigentlich gewonnen?«, fragte eine der Huren, die mit Theo flirteten.

»So viel, dass er dich ein ganzes Jahr lang Tag und Nacht vögeln kann, selbst wenn du ihm keinen Mengenrabatt gibst«, sagte Theo. Er betrachtete ihren Hintern. »Es wäre garantiert gut angelegtes Geld.«

Pandi stand wieder auf der Empore.

»588.160 Euro«, sagte er. »Zum Sterben zu viel, wie man so sagt.«

Gelächter.

Ana stand vor Ricky. Er stotterte.

»Ich dachte schon …«

»Was dachtest du?«

»Ach nichts.«

»Was wirst du mit dem Geld machen?«

»Die Schulden eines anderen bezahlen.«

»88.160 Euro sind übrig.«

»Die gehören mir nicht.«

»Doch, sie gehören dir.«

»Ich will nichts mit fingierten Gewinnen zu tun haben.«

»Dieser Gewinn war nicht fingiert.«

Er sah zu Elisabeth hinüber. Andere Spieler standen jetzt am Tisch. Ricky wurde noch einmal schlecht.

»Ich werde das Geld trotzdem nicht nehmen«, sagte er. »Ich will es nicht.«

»Du kannst es ja armen Waisen schenken.«

»Ich glaube, die würden es auch nicht wollen.«

»Wie du meinst.«

»Werde ich dich jemals wiedersehen?«

»Vielleicht.«

»Vielleicht?«

»Wenn du einmal Hilfe brauchst.«

»Und damit verschwindest du jetzt spurlos.«

»Nein. Zuerst möchte ich dir noch etwas sagen.«

»Du liebst mich?«

»Das würdest du gar nicht wollen.«

»Was dann?«

»Du bist ein wirklich außergewöhnlicher Mensch.«

Im nächsten Moment war sie spurlos verschwunden. Sie tat es auf diese Art, die ihn noch immer unsicher machte, ob sie überhaupt da gewesen war.

29

»Du hättest das blöde Geld wirklich nehmen können«, sagte Theo. »Wir hätten damit unsere Detektei finanzieren können.«

Ricky schüttelte den Kopf.

»Wir gehören nicht zu den Arschlöchern, und deshalb wollen wir auch nichts von ihnen«, sagte er. »Wir waren immer so. Warum sollten wir uns auf einmal ändern?«

»Weil wir zum ersten Mal die Möglichkeit hatten, etwas von ihnen zu bekommen«, sagte Theo.

Eine Weile fuhren sie schweigend dahin. Beide waren in ihre Gedanken vertieft.

»Wie lange haben wir diese Kiste eigentlich noch?«, fragte Theo schließlich.

»Mehr als eine Woche.«

»Und du willst in der Zeit noch deine Wette gewinnen?«

»Ist mir vollkommen egal.«

An der letzten Ampel vor der Westautobahn hielt ein Porsche Cayenne neben ihnen. Ricky starrte zum Beifahrerfenster hinauf. Dort sah er Lisa. Zumindest bildete er sich ein, dass sie es war. Sie wirkte gelangweilt. Als die Ampel auf Grün sprang, schoss der Cayenne davon. Ricky lächelte. Er hatte das wirklich nicht nötig. Er fühlte sich wie mit allen Wassern gewaschen. Die richtig guten Dinge kamen noch. Theo murmelte etwas Abfälliges.

Hinter ihnen fuhr ein Family-Van. Ein junges Paar saß darin. Der Mann am Steuer starrte das Heck des Ferraris unverwandt an, während die Frau leicht genervt dreinblickte. Um dem Mann eine Freude zu machen, hielt Ricky auf der Autobahn das Tempo des Vans und fuhr gleichzeitig etwas hochtouriger, damit der Motor sang.

»Ein bisschen schneller könntest du schon fahren«, knurrte Theo, »sonst bekommen wir noch einen Strafzettel wegen Falschparkens mitten auf der Autobahn.«

Ricky schwenkte auf die Überholspur. Ein Passat machte

ihm sofort den Weg frei. Es ging nicht mehr um seine Wette. Es ging auch nicht mehr ums Überleben. Er fühlte sich gut am Steuer. Zum ersten Mal fuhr er den Ferrari richtig entspannt. Was immer die Leute über Sportautos sagten, dachte er, wenn der Weg das Ziel war, dann war ein Ferrari zumindest ein gutes Mittel zum Zweck.

»Lässt du mich dann auch mal fahren?«, fragte Theo.

Danksagung

Ich danke Uli Gehmacher, der die Idee zu diesem Buch, das ursprünglich ein Film werden sollte, im Winter 2005 bei einem Arbeitsurlaub in Opatija mit mir entwickelt hat.

Ich danke Robert Rogner, der mir in den »badblumauer werkstätten« Raum zur Verfügung gestellt hat, um dieses Buch im Schutz seiner Gastfreundschaft fertig zu schreiben.

Ich danke Gerald Hörhan, der mich in die Welt der Sportwagenfahrer eingeweiht und mich bei meinen Recherchen in Sachen Finanzdienstleistungen unterstützt hat.

Bernhard Salomon
DONAUBLUT
Broschur, 208 Seiten
ISBN 978-3-89705-723-4

»Wien-Krimi mit Wiener Typen. Das große Plus des Buches: der vertrottelt sympathische, leicht nervige Antiheld Harald Spurny.« Die Presse

»Ein spannender, auf den Punkt geschriebener und zugleich außergewöhnlicher Kriminalroman: ›Donaublut‹ wird nicht nur Wiener in seinen Bann ziehen.«
wochenblatt.at